Le mariage presque parfait d'une accro à Noël

Image de couverture :
© Romariolen – Shutterstock
Couverture : Camille Decoster

Images intérieures :
© Bonnie Cocos – Shutterstock

Collection dirigée par Arthur de Saint Vincent
Ouvrage dirigé par Camille Léonard

34-36, rue La Pérouse
75116 Paris
www.hugopublishing.fr

ISBN : 9782755670035
Dépôt légal : octobre 2023
Imprimé en Espagne par CPI Black Print

Le mariage presque parfait d'une accro à Noël

LAURA S. WILD

Hugo Poche

NEW ROMANCE®

« Noël, c'est un état d'esprit. »
Zoe Reynolds

NOTE D'AUTEURE

En 2021, le club des accros à Noël a ouvert ses portes et a accueilli de très nombreux membres. Si vous en faites partie et que vous avez décidé de réitérer l'expérience en vous procurant la suite des aventures de Zoe : bon retour, je suis heureuse de vous retrouver. Si vous découvrez cette trilogie en 2023, alors bienvenue parmi nous.

Chez les accros à Noël, il n'y a qu'une seule règle : vivre librement sa passion pour cette fête féérique. Et pour vous emporter dans ce tourbillon magique, je vous propose de poursuivre les aventures presque parfaites de Zoe Reynolds et de son Scrooge de futur mari.

Le moment est donc arrivé : munissez-vous d'une boisson chaude, faites le plein de douceurs, enroulez-vous dans un plaid moelleux, installez-vous confortablement dans un endroit cosy et échappez-vous pour quelques heures du tourbillon de la vie…

Parce que la reine de Noël reprend du service.

Bonne lecture,

Laura S. Wild, fondatrice du club et maire de Snowflakes Garden.

PROLOGUE

Chère Zoe.

C'est moi, ton toi de vingt ans. La dernière fois que j'ai pris le temps de t'écrire, tu en avais dix-huit et tu t'apprêtais à partir à l'assaut de New York.

Rassure-toi, tout se passe bien. Non seulement tu poursuis avec succès tes études de décoratrice, mais tu t'es aussi facilement adaptée au rythme à cent à l'heure de la Grosse Pomme.

Vraiment, ton nouveau quotidien te comble. Je pourrais même dire que tout est absolument parfait...

Bon, d'accord, j'exagère légèrement.

Pour être totalement honnête, si tu es en bonne voie pour te construire la carrière de tes rêves, ta vie sentimentale, elle, est sens dessus dessous.

Sache que tu as rompu avec Tyler. Peut-être qu'au moment où tu liras cette lettre, tu auras tout oublié de lui... mais j'en doute, vu la raison pour laquelle votre histoire s'est terminée.

Huit mois. Voilà le temps que nous avons passé ensemble tous les deux. Juste assez pour commencer à prendre notre relation au sérieux, mais certainement pas pour évoquer un mariage !

Bien sûr que tu veux sauter le pas un jour, et bien sûr que lorsque tu auras rencontré la bonne personne, tu seras prête à te lancer dans cette aventure... mais pas maintenant, pas avec Tyler ! Enfin, est-ce que tu arrives à y croire, Zoe ? Moi – enfin, toi – mariée à vingt ans ? Et nos projets, dans tout ça ? Nos ambitions ? Notre volonté de noëliser le monde entier ?

Tiens, parlons-en, de Noël. Avant de me quitter, vexé après le rejet de sa demande, Tyler m'a avoué qu'il n'aimait pas vraiment cette période et qu'il avait menti pour mieux me séduire lorsque nous nous sommes rencontrés.

Tu te rends compte, Zoe ? Toi – enfin, nous – mariée à un homme qui déteste Noël ? Inenvisageable !

Alors voilà, tu te retrouves célibataire à moins de trois mois des fêtes de fin d'année, mais comme on dit, mieux vaut être seule que mal accompagnée.

Comme nous l'avons échappé belle, j'aimerais que tu me promettes une chose : le jour où tu envisageras sérieusement de te marier, assure-toi que ton futur époux éprouve le même amour que toi pour Noël. Je te fais confiance, je sais que c'est une exigence à laquelle tu ne dérogeras pas...

En attendant, j'espère que cette année encore, et pour toutes celles qui suivront, tu passeras un Noël noëlesque.

Je t'embrasse.

Zoe, accro à Noël pour toujours et célibataire (mais pas pour toujours je l'espère).

P.-S. : cette semaine, l'un de tes professeurs a trouvé étrange que la première chose que tu places sur un plan d'aménagement intérieur, c'est le sapin... Qu'est-ce qu'il peut bien y avoir de bizarre là-dedans ? Le roi de la forêt devient le roi de la maison, décider de son emplacement est donc une priorité, c'est logique !

P.P.-S. : Rosie va nous présenter Remy, son nouveau petit ami, le soir du réveillon. Avec un peu de chance, elle sera trop distraite pour se donner à fond dans notre concours de maisons en pain d'épices cette année. Moi, je suis en train de m'entraîner en ce moment même. Deux plaques de biscuits sont actuellement dans le four et j'ai un bon pressentiment concernant cet essai.

P.P.P.-S. : tu te souviens quand, il y a deux ans, je te préconisais de ne plus jamais te faire de frange ? C'est toujours d'actualité, mais je dois te faire une recommandation supplémentaire : les nouvelles expériences capillaires juste après une rupture, c'est une très mauvaise idée... Tu n'as plus qu'à espérer que le balayage blond fait maison qui a viré jaune moutarde sur ton brun dégorge rapidement.

P.P.P.P.-S. : erratum : les biscuits ont cramé pendant que je t'écrivais cette lettre. Ils sont complètement carbonisés... Fichue Rosalie qui va l'emporter haut la main cette année encore.

CHAPITRE 1

ZOE

Dix Noëls plus tard
New York, le 1er décembre

– Zoe, dépêche-toi !

J'éloigne le téléphone de mon oreille et m'écrie :

– Une petite seconde, Ethan. Excuse-moi, Julia, tu disais ?

– Demain matin, la mise en place du sapin pour le Ritz-Carlton est prioritaire, m'expose mon employée. Les décorations et les guirlandes lumineuses ont été livrées ce soir à l'hôtel, comme prévu, pour que tu puisses commencer à travailler dès ton arrivée.

– Super. On va avoir une journée tellement chargée… C'est la première fois qu'on doit gérer trois installations de sapins en même temps. Ça risque d'être sportif, mais j'ai confiance en nous, je sais qu'on peut…

– On va être en retard, Zoe ! insiste Ethan depuis la cuisine, m'interrompant de nouveau.

Je soupire et secoue la tête.

– Qu'est-ce qui lui prend ? demande Julia, amusée.

– Si je le savais… je soupire. Il y a quelques jours, il a décidé qu'il voulait à tout prix assister à l'illumination du sapin au Rockefeller Center. Ça me réjouit, évidemment, mais il est en train d'en faire une véritable affaire d'État.

– Peut-être qu'il devient encore plus accro à Noël que toi ? avance ma décoratrice.

Je m'esclaffe et elle m'imite. Je ne crois pas que quiconque sur cette planète puisse davantage aimer cette fête que moi, et encore moins Ethan French, mon Scrooge de petit ami. Nous nous sommes rencontrés par hasard il y a deux ans : journaliste pour le *TIME*, Ethan avait été chargé par sa rédaction de faire un reportage sur mon entreprise d'événementiel spécialisée dans les fêtes de fin d'année. Dès que j'ai posé les yeux sur lui, j'ai immédiatement su qu'il n'avait pas la fibre noëlesque… Pire, il éprouvait une véritable aversion pour tout ce qui était en lien avec la meilleure période de l'année ! Autant dire que notre collaboration n'a pas été de tout repos, surtout lorsqu'il a été contraint de me suivre à Snowflakes Garden, ma ville natale, où l'esprit de Noël est incrusté dans chaque mètre carré qui la compose.

Cependant, après de nombreux affrontements mémorables, la magie a commencé à opérer sur Ethan, et puis l'amour nous est tombé dessus par surprise. Depuis deux ans, nos sentiments l'un pour l'autre ne cessent de se renforcer. Au printemps dernier, nous nous sommes installés ensemble. À deux pas de Central Park, notre petit nid est idéalement situé et j'ai adoré l'aménager à notre image pour qu'il devienne cosy et accueillant.

– Zoe ! s'impatiente Ethan.

– Bon, Julia, je dois te laisser, dis-je. On se voit demain à l'agence.

– Aucun problème, passe une bonne soirée.

Je raccroche, attrape ma veste et mon écharpe, puis je quitte la chambre pour rejoindre mon Scrooge qui trépigne, son manteau déjà enfilé.

– Voilà, je suis là.

– Enfin !

– C'est l'illumination du sapin qui te met dans cet état ? Parce que même moi, je ne suis pas aussi excitée.

Ethan hausse les sourcils.

– Toi, Zoe Reynolds, tu n'as pas hâte d'assister à l'illumination du sapin du Rockefeller Center ?

– Bien sûr que si… mais toi, tu me donnes l'impression d'être à deux doigts de la syncope.

Je réduis la distance qui nous sépare et je passe une main dans les cheveux châtains de mon petit ami.

– Dis-moi ce qui te tracasse. Est-ce que tu as des problèmes au travail ?

– Au contraire. Lynn a adoré mon dernier article, elle pense me confier de plus en plus de sujets politiques à l'avenir.

– Alors qu'est-ce que tu as ? Je ne t'ai jamais vu aussi fébrile !

Ethan soupire, puis il glisse ses bras autour de ma taille et m'attire contre lui.

– Tout va bien, Zoe, je me réjouis simplement à l'idée qu'on passe une soirée en amoureux tous les deux. Ça fait un petit moment que ça ne nous est pas arrivé, alors je ne veux gâcher aucune seconde.

Convaincue par son doux regard, je hoche la tête, puis je me hisse sur la pointe des pieds et dépose un baiser sur ses lèvres. Au moment où je m'apprête à m'éloigner, Ethan me retient.

– Je croyais que tu étais pressé d'aller au Rockefeller Center ? je murmure, alanguie contre lui.

– Arriver en retard parce que je t'ai embrassée trop longtemps, ça vaut le coup, répond-il.

Je m'esclaffe puis, après un dernier baiser, nous quittons l'appartement main dans la main.

Lorsque nous arrivons devant le Rockefeller Center, une foule compacte se presse déjà tout autour de la patinoire en plein air, sur laquelle de nombreux

New-Yorkais glissent avec plus ou moins d'aisance en attendant que les festivités débutent. Au loin, j'aperçois la cime du majestueux sapin encore dans l'ombre et je sens l'excitation me parcourir. Chaque année, le Rockefeller Center met le paquet pour rendre marquante l'illumination de l'immense arbre qui trônera sur son esplanade durant toute la période des fêtes. Au fil du temps, l'événement est devenu incontournable pour de très nombreux habitants de Manhattan et attire également beaucoup de touristes. Il faut dire que l'épicéa de près de vingt-cinq mètres de haut en impose… Je n'ose imaginer les kilomètres de guirlandes lumineuses qu'il faut pour réussir à habiller un tel mastodonte.

Déformation professionnelle oblige, je ne peux m'empêcher de me mettre à la place des décorateurs qui ont travaillé sur le projet cette année. À cet instant, le stress doit certainement les paralyser à l'idée que quelque chose ne fonctionne pas comme prévu… Ça doit être terrifiant et excitant à la fois.

L'angoisse et le perfectionnisme vont de pair avec mon métier. Tous les ans, mon équipe et moi devons nous assurer que des dizaines d'hôtels à travers la ville se parent d'une ambiance féerique, dans des styles distincts, mais qui doivent tous tourner autour du même mot : « noëlesque ». Pour y parvenir, dès le mois de novembre, mon emploi du temps est réglé comme du papier à musique… et j'adore ça. D'ailleurs, pour pouvoir passer cette soirée en tête à tête avec Ethan, j'ai dû réaménager mon planning. Il y a encore deux ans, cela m'aurait beaucoup contrariée : à l'époque, ma seule et unique priorité était mon travail. Aujourd'hui, j'apprends à déléguer pour m'octroyer de petits moments de détente en compagnie de l'homme que j'aime.

Je le sens d'ailleurs fébrile derrière moi tandis qu'il passe ses bras autour de ma taille et m'attire contre son torse. Je tourne la tête dans sa direction.

– Est-ce que tu veux qu'on aille patiner en attendant que la cérémonie d'illumination commence ? je lui propose.

Je m'esclaffe en le voyant grimacer. Il faut dire que la dernière fois que lui et moi nous sommes retrouvés sur la glace, il a fini étendu sur le sol et a emporté trois adolescentes dans sa chute. Depuis, il a juré de ne plus jamais remettre un pied sur une patinoire, mais je ne suis pas du genre à abandonner facilement. Un jour, je parviendrai à le faire craquer à nouveau.

Enlacés, Ethan et moi nous délectons de la vue sur les buildings illuminés. J'aime tellement New York… Je m'y sens véritablement chez moi, et c'est pour cette raison que je n'ai jamais regretté d'avoir quitté Snowflakes Garden. J'adore ma ville natale, mais il se dégage de Manhattan une énergie qui donne l'impression que le moindre rêve peut être exaucé.

– Je crois que c'est le moment, me dit soudain Ethan.

Je m'aperçois que de nombreuses personnes ont entrepris de se rapprocher de l'immense sapin, autour duquel il y a effectivement de l'agitation. Main dans la main, mon Scrooge et moi nous faufilons entre les corps pour essayer de nous trouver une place au plus près du conifère. Lorsque la foule se fait trop dense pour que nous puissions avancer davantage, Ethan me fait passer devant lui et se colle à mon dos. Cependant, alors qu'il devrait être détendu maintenant que nous sommes enfin là où il voulait que nous soyons, je le sens de nouveau agité. Je pivote vers lui avec la ferme intention de lui faire avouer ce qui le met dans cet état lorsque de vives lumières s'allument, attirant l'attention générale. Sur une large estrade qui a été installée à la droite du sapin encore dans l'ombre apparaissent plusieurs personnes. Je reconnais tout d'abord le maire de New York ainsi que l'un de ses adjoints. À leurs côtés, la responsable de l'événement, micro à la main, est en grande conversation avec une jeune femme dont la vue déclenche une vague de cris d'excitation dans le public.

– Est-ce que c'est… commence Ethan.

– Eve DeLuca ! je confirme en tapant dans mes mains, euphorique. C'est elle qui va appuyer sur le bouton qui déclenchera l'illumination du sapin.

Chaque année, une célébrité est choisie pour accomplir cette tâche hautement symbolique. Même si elle a décidé de faire une pause dans sa carrière, la top model la plus en vue du moment semble ne pas avoir résisté à l'appel de Noël.

En même temps, qui le pourrait ?

Du haut de l'estrade, la jeune femme salue la foule qui clame son nom. Quelques pas derrière elle se tient un homme grand et musclé, que j'identifie immédiatement comme étant son garde du corps. La façon qu'il a de scruter les gens rassemblés plus bas, son air concentré, prêt à bondir sur le moindre suspect… Tout chez lui prouve qu'il n'est là que dans un seul but : protéger Eve DeLuca coûte que coûte.

Tandis que le maire commence son discours, je porte mon regard sur le sapin gigantesque en me demandant de quelles couleurs seront les décorations qui le pareront cette année. Ce doit être si excitant d'orchestrer un événement de cette ampleur… Un jour, j'aimerais relever ce défi. Oui, je crois vraiment que je devrais ajouter cette envie à ma liste d'objectifs professionnels à atteindre : décorer l'immense sapin du Rockefeller Center.

Tour à tour, les personnes présentes sur l'estrade s'expriment puis, enfin, Eve s'approche en souriant d'un énorme bouton blanc, qu'elle presse après un décompte relayé par les haut-parleurs. Les guirlandes s'illuminent d'un bloc ; le conifère sort de l'ombre et irradie soudain. Sa cime est si haute que les LED donnent l'impression de se confondre aux étoiles dans le ciel.

C'est magnifique.

De là où je me trouve, je ne parviens pas à distinguer chaque détail des ornements, mais ce n'est pas important. L'harmonie générale suffit à m'en mettre plein les yeux. La couleur dominante est le blanc, léger, épuré, mais tout de même étincelant. C'est pour moi un sans-faute.

Mon attention se pose ensuite sur les personnes qui m'entourent. Bien qu'elles me soient inconnues, j'ai envie de découvrir leur réaction, de voir leurs iris briller et de sentir que la magie de Noël s'installe dans leurs cœurs… Je repère de nombreux enfants, des familles, mais aussi des personnes seules qui, au milieu de cette foule, ne le sont plus tout à fait. Je vois également des couples enlacés, et je cherche les mains d'Ethan autour de ma taille.

Sauf que je me rends compte que ses bras ne me serrent plus.

– Ethan ?

Je me retourne… mais ce ne sont pas ses yeux marron que je croise. En fait, il me faut une poignée de secondes pour prendre conscience que mon petit ami n'est plus debout, mais qu'il a un genou à terre et qu'il tient, posé au centre de sa paume tendue, un écrin à l'intérieur duquel scintille une bague. Les exclamations du public, qui s'extasie encore de l'illumination du sapin, ne me parviennent plus. En ce qui me concerne, les décorations sont soudain bien loin.

– Ethan ? je murmure.

– À Noël dernier, je t'avais prévenue qu'un jour pas si lointain je te demanderais en mariage, commence-t-il. Ça fait deux ans que tu partages ma vie, Zoe, et dire que tu l'as bouleversée est encore bien en dessous de la vérité. Mais j'adore la magie que tu as apportée à mon quotidien, j'adore le couple que nous formons, et plus que tout, je t'adore, toi.

Je le regarde s'emparer de la bague, et mes mains se mettent à trembler.

– Je sais qu'on t'a déjà octroyé le titre de reine de Noël, mais… Zoe Reynolds, acceptes-tu de devenir la reine de ma vie ?

Je me souviens parfaitement de ce que j'ai ressenti quand, il y a un an, Ethan a évoqué sa future demande en mariage. J'étais heureuse, surexcitée… et à la fois très sereine, parce que je sais que mon Scrooge est l'homme qu'il me faut. Les semaines qui ont suivi, j'ai attendu une invitation de sa part à un dîner ou une soirée en tête à tête. J'étais certaine que sa demande était imminente. Et puis les mois se sont écoulés et j'ai fini par me dire qu'il avait besoin de temps pour se sentir prêt, ce que je comprenais parfaitement. J'aurais dû me douter qu'il attendait simplement que ma période préférée de l'année recommence. C'est ce genre d'attentions de sa part qui me conforte dans l'idée qu'il est le bon.

Les yeux embués de larmes, je suis incapable de prononcer le moindre mot. J'ai à peine conscience du brouhaha ambiant, de la musique et de paroles qui résonnent dans un micro. À cet instant, j'ai l'impression d'être à l'intérieur d'une boule à neige dans laquelle il n'y aurait qu'Ethan et moi.

Tremblante, je hoche vigoureusement la tête, et l'homme de ma vie, ému lui aussi, glisse la bague à mon annulaire. Dès qu'il se redresse, j'agrippe le col de son manteau et je l'attire contre moi. Aussitôt, il plonge sur mes lèvres en me serrant dans ses bras.

Il se passe de longues minutes pendant lesquelles nous sommes incapables de rompre notre baiser. Et puis je parviens enfin à lui glisser :

– Je t'aime, Scrooge.

Autour de nous, la foule se disperse. L'événement est désormais terminé, mais Ethan et moi participons à notre propre célébration, et rien d'autre ne compte.

– C'est pour ça que tu as été bizarre toute la journée ? je m'enquiers après avoir essuyé mes dernières larmes.

– J'avais envie de te faire ma demande au moment où le sapin s'illuminerait… et toi, tu as pris tout ton temps au téléphone avec Julia et tu as failli nous faire arriver en retard ! Tu ne me facilites jamais la tâche.

– Malgré ça, tu veux m'épouser ?

– Eh bien, c'est vrai que tu me rends souvent dingue, que tu sèmes régulièrement des paillettes sur ton passage, au sens figuré comme au sens propre, surtout quand tu reviens de ton atelier, que notre appartement comporte plus de décorations de Noël que n'importe quelle boutique de la ville et qu'à cause de ton travail la fête que j'aime le moins est au centre de notre vie… mais je crois bien qu'en réalité c'est tout ça qui fait que j'ai envie de passer le reste de mes jours avec toi.

– Tu es foutu, Ethan French. Tu as été noëlisé. Tu ne pourras plus jamais prétendre que tu détestes cette période de l'année, je ne te croirais pas.

Il m'embrasse une nouvelle fois avant de me demander :

– Est-ce qu'un an, ce sera suffisant ?

Je fronce les sourcils.

– Pour quoi faire ?

– Préparer notre mariage, bien sûr !

Son sourire s'élargit, me faisant encore un peu plus craquer.

– Je ne plaisantais pas, Zoe, affirme-t-il. Je veux t'offrir la totale, et te connaissant, je sais que ça signifie un mariage à Noël. Alors je te le redemande : est-ce qu'un an de préparation, ce sera suffisant pour qu'on soit prêts à se marier le 24 décembre prochain ?

Je secoue la tête.

– Quand es-tu devenu si conciliant et parfait ?

Ethan éclate de rire.

– Compte sur moi pour râler de temps en temps pendant les préparatifs. Je ne voudrais pas que tu sois trop dépaysée.

– Il n'y a aucun risque. Oh mon Dieu, quand je vais dire ça à Rosalie… Et Lily, elle fera une demoiselle d'honneur si jolie… Mes parents, Ethan, ils vont être fous de joie, et…

– Quoi ? s'inquiète mon tout nouveau fiancé en me voyant me crisper tout à coup.

– Je pensais… Est-ce que tu crois que ta mère n'y verra aucun inconvénient ?

– À ce que je t'épouse ? Tu plaisantes ! Elle t'apprécie, tu sais.

– Non, ce que je veux dire, c'est que le peu de fois où je l'ai rencontrée, elle n'a eu de cesse de me répéter qu'elle a Noël en horreur. Alors si on lui annonce qu'on compte se marier en décembre…

– Ne t'angoisse pas pour ça, me tranquillise Ethan en prenant doucement mon visage entre ses mains. C'est nous qui décidons de ce que nous voulons. Et puis, s'il y a bien une personne capable de faire changer ma mère d'avis sur Noël, c'est toi. Regarde les miracles que tu as réussi à produire avec moi.

– Tu as raison, tout va bien se passer.

– Bien sûr que j'ai raison. Enfin, un Scrooge et une accro à Noël qui se marient… Qu'est-ce qui pourrait mal tourner ?

Son haussement de sourcils me fait sourire, et j'affirme avec enthousiasme :

– Je sens que ce mariage va être un sublime chaos noëlesque !

Zoe Reynolds

et

Ethan French

ont le plaisir de vous convier à leur mariage.

La cérémonie aura lieu le 24 décembre à 18h,

dans le parc de la demeure des Snowflakes

à Snowflakes Garden.

Veuillez confirmer votre présence avant le 10 mai

en renvoyant le carton d'invitation

au dos de ce faire-part.

CHAPITRE 2

ETHAN

New York, le 1er décembre, un an plus tard

– Quel salopard, dis-je à voix haute.

Assis à mon bureau, je passe en revue les documents qui viennent de m'être envoyés par mes sources. Lorsque j'ai intégré une école de journalisme, je ne savais pas vraiment vers quelle branche du métier je voulais m'orienter. J'ai d'abord jeté mon dévolu sur les affaires criminelles, mais très vite, je me suis rendu compte que le monticule de détails macabres auquel il me faudrait me confronter serait, à la longue, trop lourd à supporter. Finalement, la politique s'est imposée à moi ; et ce qui me plaît par-dessus tout, c'est de dévoiler la corruption de ce milieu. Mes cibles du moment sont deux sénateurs, Crane et Goldberg. C'est d'ailleurs le premier que concernent les preuves que j'ai en main. Je n'irais pas jusqu'à dire que je suis surpris lorsque je débusque du blanchiment d'argent, mais je reste tout de même estomaqué quand cela provient de personnes qui passent de plateau télé en plateau télé en se présentant comme des modèles de vertu.

J'attrape la tasse de café posée sur mon bureau, en prends une gorgée, puis j'ouvre sur mon ordinateur le dossier qui récapitule les éléments que j'ai réunis jusque-là sur les malversations de Crane. Avec les documents supplémentaires que je viens d'obtenir, plus aucun doute n'est possible : cet homme est pourri jusqu'à la moelle.

– L'enfoiré, je grogne.

Je suis si concentré – et indigné – que la sonnerie de mon téléphone me fait presque sursauter. Le nom de ma mère s'affiche sur l'écran, et je suis un instant tenté de laisser la messagerie s'enclencher pour poursuivre mon travail… ce qui m'inspire une bouffée de culpabilité.

– Bonjour maman, dis-je en décrochant.

– Ethan, mon chéri, comment vas-tu ?

– Bien. En fait, je suis en train de bosser, là, alors…

– Ne t'en fais pas, je ne te dérange pas longtemps. Je suis en train de préparer mes bagages et je me demandais… Quel temps fait-il à Savage Garden ?

– Snowflakes Garden, je la reprends en me retenant de rire. Je te conseille de n'emporter que ce qui te tiendra chaud, le climat n'a rien à voir avec celui de San Francisco.

– D’accord, mais de quel genre de températures parle-t-on ? Neuf degrés ? Sept ?

Cette fois, je suis incapable de maîtriser mon hilarité.

– La moyenne à cette période est de zéro, mais il n’est pas rare de tomber à moins quinze.

– Seigneur… souffle ma mère. Tu sais, je n’arrive toujours pas à croire que c’est là-bas que tu vas te marier… et à Noël, en plus.

C’est sûr que si on m’avait annoncé cela il y a encore trois ans, je n’y aurais pas cru moi non plus. Mais ce virage à cent quatre-vingts degrés, je le dois à la lutine en chef du père Noël et au fait qu’elle s’est confortablement installée dans mon cœur.

– Tu verras, ce n’est pas aussi terrible que ça en a l’air, j’affirme. Zoe et moi, on sera ravis de te faire découvrir sa ville.

– Et moi, je me réjouis de te voir très bientôt. Bon, je ne vais pas m’imposer plus longtemps, je te laisse travailler. Bonne journée, mon chéri.

– Bonne journée, maman.

Je raccroche et repose mon smartphone sur mon bureau. Un sourire flotte encore sur mes lèvres lorsque j’imagine Susan McQain, ma mère, débarquer dans la ville la plus noëlesque du pays d’ici moins de quarante-huit heures. Elle ne sera pas vraiment sensible aux décors féeriques et à l’ambiance cosy qui caractérisent Snowflakes Garden, je le sais. Parce que mon aversion pour les fêtes de fin d’année, c’est d’elle que je la tenais.

Mon côté Scrooge s'est apaisé auprès de Zoe, mais ma mère, elle, risque d'être bien moins encline à se laisser envoûter par la magie des fêtes.

– Ethan !

Je redresse la tête. Par-dessus l'écran de mon ordinateur, Lynn, ma rédactrice en chef, me regarde avec des yeux brillants d'excitation.

– Dans mon bureau, tout de suite, m'ordonne-t-elle. On a du nouveau concernant Crane.

Je me lève d'un bond et m'empresse de la rejoindre.

– Si ça concerne les sommes qu'il a blanchies, je viens de passer les dernières preuves en revue, je déclare.

– Non, c'est autre chose. L'un de ses anciens collaborateurs nous a envoyé des infos croustillantes et il est prêt à témoigner anonymement pour notre article.

– Lynn, c'est génial ! je m'exclame.

– À qui le dis-tu… Tu vas devoir aller recueillir son témoignage en vitesse. Nous allons avoir du pain sur la planche pour vérifier ses dires au cours des prochains jours.

Je me fige.

– Les prochains jours ? je répète.

– Exact, fait ma rédactrice en chef en attrapant son manteau. Bon, j'ai un rendez-vous à l'extérieur, on se reparle plus tard.

Sur ce, elle me plante là, et je retourne à mon propre bureau, désemparé. Ce n'est pas l'enquête qui me préoccupe : ce que je me demande, c'est comment je vais pouvoir annoncer la nouvelle à Zoe. Elle qui se réjouissait de notre départ imminent pour Snowflakes Garden… Avec une telle actualité brûlante, je ne vais pas avoir d'autre choix que de le repousser. Lynn m'avait prévenu : elle ne m'autoriserait à prendre un congé dès le début du mois de décembre que si la période était calme au journal.

Il ne me reste plus qu'à espérer que Zoe aura passé une excellente journée pour l'aider à avaler la pilule…

CHAPITRE 3

ZOE

– Comment ça, la livraison est retardée ? C'est impossible, Henry ! J'ai besoin des poinsettias ce matin, je dois me rendre au Peninsula dans moins d'une heure.

– Je suis désolé, Zoe, nous avons eu un incident avec la récolte qui vous était destinée. Mon équipe est actuellement en train de rapatrier de nouvelles plantes depuis une autre de nos serres, mais elles ne devraient arriver qu'en fin de matinée.

Je m'adosse à mon fauteuil, maîtrisant ma nervosité.

– Pouvez-vous m'assurer que j'aurai les fleurs à ma disposition avant midi ? je demande.

– Vous avez ma parole.

– Bon… Merci, Henry. Je sais que vous faites votre possible et que pour vous aussi cette période est très stressante. Appelez-moi dès que vous serez en chemin avec la commande.

– Comptez sur moi.

Je raccroche, pose mon smartphone et pousse un profond soupir. Dans ma tête, un millier de pensées se bousculent, autant que de tâches sur ma to-do list. Le retard des poinsettias est un grain de sable dans mes rouages parfaitement huilés, mais je ne vais pas le laisser me décourager. Après tout, décembre vient tout juste de débuter, ce qui signifie que la magie de Noël va commencer à se répandre sur notre monde… et cette année, ce mois sera encore plus spécial pour moi. Je vais d'autant plus l'apprécier que, dans quelques semaines, je vais m'unir à Ethan.

Un mariage noëlesque en vue !

J'ai passé les onze mois qui viennent de s'écouler à planifier ce qui a de grandes chances de devenir l'événement de l'année. Je ne veux pas me vanter, mais je crois bien que l'union des Reynolds-French risque de faire de l'ombre à Noël… et c'est bien parce que je suis la future mariée que j'accepte que quoi que ce soit puisse éclipser cette fête fabuleuse.

Un coup est frappé contre la porte de mon bureau et Julia, ma décoratrice et amie, y entre comme une tempête hivernale. Je souris en la voyant affublée d'un pull bleu orné de flocons de neige pailletés, son éternel mug de Noël dégageant une douce odeur de cannelle à la main.

– Bien le bonjour, lance-t-elle en prenant place sur une chaise.

Elle fait glisser une assiette de sablés devant moi, en attrapant un en forme de sucre d'orge au passage.

Je ne résiste pas à l'envie de l'imiter. Les saveurs d'orange et de pain d'épices explosent contre mon palais et, immédiatement, le tumulte dans mon esprit se fait moins bruyant.

Rien de tel que le sucre pour surmonter le surmenage du quotidien.

– Je vois que tu es encore arrivée en avance ce matin, note Julia en se calant au fond de son siège. Si tu n'étais pas ta propre patronne, on pourrait croire que tu fais du zèle.

– Oh, crois-moi, ces derniers jours, ce n'est pas de gaîté de cœur. Mais gérer le pic d'activité de la boîte en même temps que la préparation d'un mariage demande des sacrifices… Celui de mon sommeil, par exemple. En ce moment, je suis partagée entre l'envie que mes journées durent soixante-douze heures et celle de dormir pendant une semaine entière.

– Tu aurais dû te marier en été, comme la plupart des gens. Ça t'aurait enlevé une épine du pied.

Je croise le regard de Julia, qui me fixe avec tout le sérieux dont elle est capable… avant d'éclater de rire en même temps que moi.

– Moi ? Me marier en été ? Sous une chaleur de plomb ? je m'offusque.

– J'essayais juste de détendre l'atmosphère, plaide ma décoratrice avant de prendre une gorgée de sa boisson chaude. Bon, et si on se mettait au travail ? Je n'ai jamais vu notre planning aussi chargé, on n'a pas une minute à perdre. Simon est déjà parti avec quelques membres de l'équipe pour s'occuper du Plaza. Madame White était terriblement déçue que tu ne sois pas présente pour décorer l'hôtel toi-même, mais elle a compris que tu es overbookée.

– C'est la première fois en sept ans que je manque les préparatifs du Plaza… je souffle avec une moue triste.

– Malheureusement, personne n'a encore trouvé comment être à deux endroits en même temps, et le thème « féerie hivernale » que t'a commandé le Peninsula a demandé un travail monstre.

C'est peu de le dire. En sept ans à la tête de cette entreprise, je n'avais encore jamais travaillé sur un projet aussi ambitieux. Ça a d'ailleurs été un tel challenge que j'ai embauché trois nouvelles créatrices et deux décorateurs pour venir prêter main-forte à l'équipe. Et au regard de notre emploi du temps toujours plus chargé, je crois que les effectifs des « Lutins du père Noël » ne vont cesser de croître.

Aujourd'hui, nous sommes vingt-cinq à œuvrer chaque hiver pour que la magie des fêtes inonde New York. Je suis si fière de notre évolution…

– Madame White comprend, ne t'inquiète pas, reprend Julia. Et puis tu pourras toujours te débrouiller pour aller décorer toi-même son hôtel l'année prochaine.

– Si j'ai le temps, je réplique.

– Tu prévois de planifier un second mariage à Noël prochain ?

Je lève les yeux au ciel.

– Pas pour moi, en tout cas, j'affirme, avant de servir à mon amie un sourire carnassier. Je sais que ce n'est pas le moment de plancher sur cette idée, mais tu sais aussi bien que moi que nous lancer dans l'organisation de mariages de Noël serait une excellente piste de développement. Vu mon carnet d'adresses et celui de mes fournisseurs, je suis certaine qu'on…

– … ferait un malheur. Cela nous permettrait de viser encore plus haut et d'asseoir notre position d'entreprise novatrice, récite Julia. Tu me l'as déjà expliqué, Zoe, et je suis d'accord, l'idée est très bonne. Sauf qu'avant de t'imaginer à la tête d'une multinationale de Noël, il faut déjà qu'on s'occupe de ce qui se trouve sur notre planning du jour.

Je ferme les yeux quelques secondes, prends une dernière bouchée de sablé, puis je me lève d'un bond et enfile mon manteau.

– Tu as raison, que notre folle journée commence ! je m'exclame. Peninsula, nous voilà… Sans poinsettias, mais nous voilà quand même.

– Qu'est-ce que tu dis ? s'écrie Julia, horrifiée, tandis que je la pousse gentiment vers la sortie.

– Relax, je t'expliquerai tout en route.

Un palais de glace au milieu d'une féerie de Noël.

Voilà la consigne que j'ai reçue du Peninsula pour décorer la salle de réception de l'hôtel. Un thème bien plus complexe à traiter qu'il n'y paraît : il impose de trouver un équilibre parfait entre ambiance givrée et cocooning, qui caractérise la période de Noël. Un visuel froid, sans être glacial et hostile. L'alchimie n'a pas été simple à obtenir, mais je dois admettre que je suis fière du résultat auquel mon équipe et moi avons abouti… En tout cas, sur les plans. Maintenant, il ne reste plus qu'à transposer tout ça dans la réalité.

– Très bien tout le monde, approchez s'il vous plaît, je lance, les mains en porte-voix pour être entendue de tous.

La dizaine d'employés réquisitionnés pour la journée, Julia comprise, s'avancent pour écouter mes instructions.

– Vous le savez, c'est un véritable marathon qui nous attend aujourd'hui, je commence. J'ai donc décidé de nous répartir en deux équipes. Quatre personnes prépareront la salle de réception ici, avec moi, et les cinq autres s'occuperont de la décoration du reste de l'hôtel. Je vous ai établi des plans détaillés étape par étape pour être sûre que rien ne soit laissé au hasard. Évidemment, je passerai régulièrement voir chacun d'entre vous pour m'assurer que tout va bien, et si vous avez le moindre problème, je suis comme toujours joignable sur mon portable. Des questions ?

Personne ne se manifeste, si bien que je conclus :

– Parfait, alors au travail !

Mes employés se dispersent pour rejoindre le poste qui leur a été assigné. Julia et moi, en binôme, nous occupons d'accrocher tout ce qui se trouvera en hauteur.

Cette année, j'ai vu les choses en grand… Bon, je l'admets, c'est ce que je fais tous les ans, mais cette fois, c'est différent. Les pièces maîtresses que j'ai confectionnées sont, je crois, mes plus belles créations à date, et les plus onéreuses. Pour sublimer la salle de réception, mon équipe a fabriqué un lustre en cristal imposant dont s'échappent de majestueuses stalactites. Quand la lumière se reflétera sur lui, elle donnera une ambiance douce et chaleureuse aux lieux. J'ai hâte de voir le résultat final…

Lorsqu'il fait son entrée dans la salle de réception, je retiens un sourire. J'ai dit qu'il était imposant ? C'est un euphémisme… Ce lustre est un mastodonte. Nous devons nous y mettre à huit personnes pour nous assurer que son transport et son installation se déroulent dans des conditions optimales. Tout du long, je suis dévorée par le stress de voir des cristaux s'éclater sur le sol, mais heureusement, après une longue et délicate manœuvre, notre chef-d'œuvre est en place. Je reste plusieurs minutes ébahie par la vision. L'effet est tel que je l'espérais : c'est comme si des centaines de stalactites s'étaient formées sur les branches en acier du lustre et qu'elles pendaient dans le vide, comme en lévitation.

– La reine des neiges n'a qu'à bien se tenir, lance Julia. À côté de notre salle de réception, son palais va faire pâle figure.

Je souris, apprécie encore un instant la beauté qui domine désormais les lieux, puis je me remets au travail. Ma décoratrice et moi nous attaquons à l'habillage du plafond. Nous avons créé une toile tendue sur mesure, dans laquelle ont été incrustées des milliers de petites LED qui projetteront un éclairage doux et discret, le but étant de reproduire un effet ciel étoilé. Nous appelons tous les bras à disposition à notre rescousse pour déployer le tissu, et un peu plus tard, lorsque nous allumons les LED, les murmures d'approbation sont unanimes. Moi-même, je dois admettre que face à ce plafond lumineux, je me sens projetée dans un autre univers.

Au fil de la journée, les plans tracés sur papier prennent vie. Un conifère trône fièrement dans le hall de l'hôtel, de faux présents lumineux de toutes tailles sont dispersés dans chaque recoin, et le comptoir du bar est désormais habillé d'une guirlande touffue de branches de sapin.

À onze heures trente, alors que je regarde ma montre pour la cinquième fois en quelques minutes, certaine qu'Henry ne parviendra pas à tenir sa promesse, il arrive enfin, tractant derrière lui les quarante-cinq poinsettias que je lui ai commandés. Ces plantes sont essentielles à ma décoration :

devoir y renoncer aurait été catastrophique. Il se trouve qu'elles ont subi un traitement particulier. Pour que le Peninsula puisse profiter de leur beauté durant tout l'hiver, elles ont été lyophilisées, à la manière des roses éternelles. Mais ce n'est pas tout. Henry s'est affairé avec son équipe pour « glacer » les feuilles de ces poinsettias. Je ne sais pas par quel miracle il y est parvenu, mais le résultat est sublime. Les fleurs donnent l'impression d'avoir passé des heures entières dehors, exposées à des températures négatives. Elles sont couvertes de petits cristaux qui ressemblent à s'y méprendre aux gouttes d'eau formées par le givre.

En bref, elles sont parfaites.

Après avoir chaleureusement remercié mon fournisseur, je stocke les plantes au fond de la salle de réception, en attendant que les employés du Peninsula m'apportent de quoi décorer les tables : assiettes blanches, verres et bougeoirs en cristal, couverts en argent et chaises revêtues de housses polaires en fausse fourrure. Une fois chaque élément mis en place, je termine en disposant deux poinsettias au centre de chaque table, de part et d'autre des hauts chandeliers. Après quoi je déroule un long tapis blanc fait sur mesure qui indique la direction de la piste de danse, puis je rassemble une fois de plus mon équipe pour que nous installions l'immense arche en verre qui trônera à l'entrée de la salle de réception. Les convives seront obligés de passer dessous pour pénétrer dans la pièce, et ils découvriront une branche de houx – givrée elle aussi – sous laquelle ils auront la possibilité, s'ils le souhaitent, de s'embrasser. Ensuite, il ne nous reste plus qu'à positionner de longs rideaux de guirlandes lumineuses sur les murs est et ouest, et enfin, nous avons terminé.

– Oh, bon sang, je ne sens plus mes pieds, geint Julia en se plaçant à côté de moi.

– Moi, j'ai le dos en compote, je renchéris en m'étirant.

– On a encore fait du bon boulot, patronne.

– Je suis d'accord. Vous pouvez remballer et rentrer, vous l'avez bien mérité. Je vais faire un dernier tour de l'hôtel pour être certaine que tout est en place, et ensuite, j'irai retrouver mon fiancé.

– Tu aimes l'appeler comme ça, n'est-ce pas ?

Le sourire qui m'échappe répond pour moi.

Julia informe le reste de l'équipe que notre travail ici est terminé tandis que je quitte la salle de réception pour rejoindre le hall de l'établissement. Je souris en voyant des clients déjà en train de photographier les décorations. C'est le signe qu'ils apprécient ce qu'ils voient… Par habitude, je replace et ajuste quelques-uns des ornements. Finalement, je dépose les deux derniers poinsettias qu'il me reste à chaque extrémité du comptoir de l'accueil. C'est l'instant que choisit le directeur du Peninsula pour venir inspecter les lieux.

– Tout est parfait, Zoe, me complimente-t-il, des étoiles dans les yeux.

« Parfait ». J'aime tellement entendre ce mot…

– Vraiment, c'est du beau travail que vous et votre équipe avez accompli, poursuit mon client. Et pourtant, nous ne vous avions pas facilité la tâche avec le thème que nous avons choisi.

– Rien n'est impossible pour « Les Lutins du père Noël », j'affirme, souriante.

– Rien n'est impossible pour la reine de Noël, surtout.

Je me retourne d'un bloc en entendant la voix d'Ethan résonner derrière moi. En le voyant, j'oublie immédiatement mes courbatures et ma fatigue. Je n'ai qu'une envie, me jeter dans ses bras. Je prends malgré tout le soin de saluer le directeur du Peninsula comme il se doit avant de le rejoindre. Il se penche déjà pour m'embrasser lorsque j'arrive près de lui, et je m'oblige à ne pas lui dévorer les lèvres… juste le temps que nous quittions l'hôtel. Dès que nous sortons dans le froid new-yorkais, je me pends à son cou et lui donne le baiser dont j'avais besoin.

– Quel accueil, susurre-t-il.

– La journée a été longue. Emmène-moi à la maison.

Il s'empresse de héler un taxi, dans lequel nous nous engouffrons quelques secondes plus tard.

CHAPITRE 4

ZOE

– … qu'on a failli ne pas avoir les poinsettias à temps, je raconte à l'instant où Ethan et moi pénétrons dans notre appartement. Ça aurait été une véritable catastrophe, ils *devaient* être là, ces fleurs étaient indispensables pour apporter une touche de couleur subtile à ma décora… Quoi ? Pourquoi est-ce que tu me regardes comme ça ?

– Je me demandais où tu trouves une telle énergie, me glisse mon Scrooge avec tendresse. Même après une journée éreintante, tu parviens encore à être passionnée par le compte rendu que tu me fais.

– C'est la magie de Noël, elle coule dans mes veines. D'ailleurs, il paraît que mon groupe sanguin est O… OH OH positif.

Malgré le plissement de ses lèvres, je perçois une lueur d'amusement dans les yeux d'Ethan.

– Avoue que c'est pour mon sens de l'humour que tu veux m'épouser, je le charrie en me blottissant dans ses bras.

– Désolé de te décevoir, rétorque-t-il, mais en fait, si je me marie avec toi, c'est uniquement pour m'assurer d'avoir des roulés à la cannelle à volonté à chaque période de fêtes.

Pendant un instant, nous restons enlacés, les mains d'Ethan voyageant dans mon dos, puis je me redresse à contrecœur.

– Bon, j'ai bien peur que cette journée ne soit pas encore terminée. Il faut que nous préparions nos affaires pour notre départ à Snowflakes Garden. Tu pourrais t'occuper du repas pendant que je commence nos bagages ?

– Oui, à propos de ça, Zoe… lance Ethan en m'emboîtant le pas vers la chambre.

– Si tu savais comme j'ai hâte d'y être… Trois semaines pour mettre la dernière touche aux préparatifs avant le grand jour et pour passer du temps ensemble, comme lors de notre première rencontre… On en a vraiment besoin après l'année de folie qu'on a passée professionnellement tous les deux.

– C'est vrai, mais…

– Au fait, tu sais si ta mère a toujours prévu de faire le voyage avec nous ou…

– Zoe !

Je redresse la tête alors que je suis occupée à sortir ma valise du placard.

– Quoi ?

– Je dois te parler de quelque chose.

Je cherche le regard d'Ethan avant de lui demander, la panique montant déjà en moi :

– D'accord… Est-ce que c'est grave ? Il y a un problème ?

– Non, rassure-toi, me répond-il en m'attirant près du lit, sur lequel nous nous asseyons. Écoute, on va avoir un petit contretemps… Je ne vais pas pouvoir venir avec toi à Snowflakes Garden.

– Pardon ? je m'écrie.

– Pas dans l'immédiat, c'est tout. J'ai des choses à régler au journal avant de quitter New York.

– Ethan, on est censés partir dans deux jours !

– Je sais, la situation n'est pas idéale. Mais tu te souviens de l'enquête que je mène depuis plusieurs mois sur deux sénateurs ? Eh bien, de nouvelles informations me sont parvenues cet après-midi et je vais devoir boucler le papier que je prépare pour le sortir au plus vite. Et puis, je devais déjà revenir à New York l'espace d'une journée pour interviewer le pâtissier qui sera le sujet de mon article de Noël, alors…

– Alors quoi ? Entre un aller-retour rapide et l'annulation de ton départ, il y a une différence.

Ethan grimace, et je soupire.

– J'ai passé des semaines à faire et refaire des plannings à l'agence pour pouvoir être entièrement remplacée par mon équipe pendant mon absence. Crois-moi, ça n'a pas été simple. Et toi…

– Moi, je subis malheureusement le rythme imprévisible de l'actualité. Ne t'imagine pas que je suis heureux de devoir t'annoncer ça et de savoir que tu vas partir pour Snowflakes Garden sans moi.

Je soupire de nouveau.

– Je suis désolé, Zoe, ajoute Ethan en prenant mon visage entre ses mains. J'ai essayé de trouver une solution, mais je n'ai pas d'autre choix que de me charger de ce papier au plus vite. J'ai trop travaillé sur cette enquête pour risquer que la concurrence me double. Ce ne sera que pour quelques jours. Je te rejoindrai dès que j'aurai terminé, c'est promis.

Mes épaules s'affaissent, et je m'aperçois avec horreur que je suis au bord des larmes. Je sais que ma réaction est un poil exagérée, mais pour ma défense, le stress des préparatifs me ronge depuis si longtemps maintenant que mes nerfs sont à fleur de peau.

– Ma Zoe… murmure Ethan en m'incitant à m'allonger sur le lit.

Il prend place derrière moi et me tient dans ses bras réconfortants.

– Je n'aime pas savoir que je te fais de la peine… tout comme je n'ai pas aimé te voir si tendue toute cette année à cause de l'organisation de notre mariage, poursuit-il. Cette perpétuelle course à la perfection va finir par te faire craquer.

– C'est notre mariage, Ethan, évidemment qu'il doit être parfait… et il le sera ! je réplique. C'est pour cela qu'on le planifie depuis un an.

Le silence s'installe quelques secondes, puis mon fiancé reprend la parole :

– Tu sais que si je le pouvais, je viendrais avec toi. Mais je te le répète, dès que j'aurai mis le point final à mes articles, je saute dans le premier train direction Snowflakes Garden.

Je ferme les yeux quelques secondes et me concentre sur ma respiration. C'est fou comme la relation entre Ethan et moi a évolué au cours de ces trois dernières années… À nos débuts, nous avons mis quelque temps à nous adapter l'un à l'autre, puis est arrivé le moment où nous avons apprivoisé nos personnalités mutuelles. Naturellement, je suis devenue l'étincelle de lumière dans le quotidien un peu sombre de mon futur mari, et il m'a offert un havre de paix dans mon existence à cent à l'heure. Le stress de l'organisation, j'y suis pourtant habituée grâce à mon métier. Mais cette fois, c'est différent. Ce n'est pas n'importe quel événement qui se prépare : c'est notre union, à Ethan et moi, en compagnie des gens que nous aimons et qui nous aiment. C'est notre engagement éternel que nous allons célébrer, le début d'une vie dans laquelle nous serons liés pour le meilleur et pour le pire. Alors oui, j'ai la pression, surtout depuis que j'ai décidé de me passer de *wedding planner* pour m'occuper moi-même de chaque détail.

Respire, Zoe. Calme-toi, tout va bien se passer.

– Est-ce que tu m'en veux ? me demande mon Scrooge avant de déposer un baiser dans ma nuque.

– Non, je lui réponds. Je suis déçue, mais je ne t'en veux pas. Je sais que si tu avais pu, tu aurais trouvé une solution. Tu vas juste beaucoup me manquer.

– Toi aussi, tu vas me manquer. Au moins, ma mère sera à tes côtés pour t'assister jusqu'à ce que j'arrive.

Mon visage se crispe. Heureusement qu'Ethan ne peut pas voir mon expression…

Qu'on soit bien clairs : j'apprécie ma belle-mère. Mais ce n'est pas pour rien que je surnomme son fils « Scrooge ». Le désamour pour Noël semble se transmettre de génération en génération chez les French, alors autant dire qu'elle et moi avons un peu de mal à nous comprendre, sans compter que nous n'avons pas encore eu énormément d'occasions de tisser des liens. Cheffe renommée à San Francisco, Susan doit faire face à un quotidien chargé – autant que le mien en période de fêtes, sauf que pour elle, c'est toute l'année, surtout depuis qu'elle prépare l'ouverture de son quatrième restaurant. Ethan et moi la voyons deux ou trois fois par an. C'est toujours elle qui nous rend visite, pendant une semaine environ, et elle insiste chaque fois pour dormir à l'hôtel. J'ai décidé de ne pas m'en offusquer : mon fiancé m'a parlé du besoin dévorant d'indépendance de sa mère, et je le respecte.

– Zoe ? m'appelle Ethan.

– Hm ?

– Je sais que c'est toi qui lui as proposé, mais ça ne te dérange pas que ma mère prenne part aux préparatifs du mariage ? Tu ne l'as pas invitée à venir plus tôt pour me faire plaisir, au moins ?

– Non, pas du tout… du tout, du tout.

– Je suis sûr que vous allez parfaitement vous entendre, et puis en plus, Rosie et Nicole seront là aussi pour te prêter main-forte.

– Hm hm.

Ethan dépose un autre baiser sur ma nuque.

– Tu verras, tout va bien se passer, affirme-t-il. J'ai hâte de t'épouser, mon accro à Noël.

Ses bras se resserrent autour de moi, et je ferme de nouveau les yeux pour profiter de son étreinte.

Ma foi, il semblerait qu'une certaine tradition soit en train de se mettre en place. Il y a trois ans, c'est en compagnie du Scrooge allongé contre moi que je me rendais dans ma ville natale. Je n'imaginais pas un instant à ce moment quel réfractaire à Noël j'allais devoir supporter… Cette fois, c'est en compagnie de la mère Scrooge en personne que je vais débarquer dans ma petite ville cosy à souhait.

Nom d'une maison en pain d'épices, Snowflakes Garden n'a aucune idée de ce qui l'attend !

CHAPITRE 5

ZOE

Last Christmas
Wham!

L'une des choses qui me caractérisent le plus, c'est mon sens de l'organisation. Lorsque j'ai créé mon entreprise, j'ai rapidement compris que la clé de la réussite, c'est un contrôle total des événements. Prévoir, planifier, ne pas se laisser déborder, avoir un plan B et même C pour pallier toute éventualité. Malgré tout, il arrive parfois que, même avec la meilleure volonté du monde, un imprévu vienne faire dérailler toute la chaîne de l'organisation qui a demandé tant de temps et d'énergie à mettre en place.

– Comment ça, elle n'est pas là ? répète Ethan, interloqué, à l'autre bout du fil.

– Son train est arrivé il y a déjà vingt minutes et tous les passagers en sont sortis sauf elle, j'explique en remontant le quai dans l'espoir d'apercevoir Susan.

– Je ne comprends pas, elle m'avait pourtant dit que… Oh, attends, ne quitte pas, elle est justement en train de m'appeler.

Je soupire et me passe une main dans les cheveux en attendant que des explications me parviennent. L'emploi du temps du jour était pourtant établi : ce matin, je suis passée à l'agence une dernière fois pour m'assurer que tout était en ordre avant mon départ, puis je me suis rendue à la gare de New York. Je devais y récupérer Susan à la descente de son train en provenance de Boston, où elle était ces derniers jours pour des rendez-vous professionnels. Elle et moi devions ensuite prendre la route direction Snowflakes Garden et arriver chez mes parents en début de soirée.

Tout va bien, Zoe, c'est juste un petit contretemps qui va rapidement se régler.

Après encore quelques secondes, la voix d'Ethan résonne de nouveau dans le combiné :

– Je suis désolé, Zoe… Ma mère vient de m'informer qu'elle ne trouvait pas logique de devoir venir ici pour ensuite faire le reste du trajet en voiture, du coup elle a changé son billet. Elle me dit que tu pourras la retrouver directement à la gare de Snowflakes Garden.

– Mais… dans combien de temps est-elle censée arriver ?

– Dans deux heures.

– Ethan, je suis encore à New York, jamais je ne pourrai faire la route aussi vite !

Sans attendre, je m'élance à travers la gare de Grand Central pour rejoindre ma voiture à l'extérieur.

– S'il te plaît, sois prudente et ne te presse pas pour ma mère, reprend mon fiancé, contrarié. Elle aurait dû nous prévenir qu'elle changeait ses plans, alors peu importe le temps que ça prendra pour que tu la rejoignes, je lui ai dit de patienter.

– D'accord.

– Vraiment, je suis déso…

– Ethan, tu n'y es pour rien. Je dois te laisser, on se rappelle ce soir.

– Je t'aime, Zoe.

– Moi aussi, je t'aime.

Dès que j'ai raccroché, je ne perds pas une seconde : je me mets au volant et je file aussi vite que la circulation new-yorkaise me le permet. Heureusement, une fois que Manhattan est derrière moi, conduire devient bien plus agréable. Les véhicules se font moins nombreux et je finis même par avoir la route pour moi seule pendant un moment. Dans l'habitacle, ma playlist de Noël tourne en boucle et je dois admettre que cela m'aide grandement à me détendre. J'ai hâte de retrouver la douceur de vivre propre à Snowflakes Garden, et plus hâte encore de retrouver ma famille.

Les kilomètres défilent ; bientôt, de petits flocons commencent à tomber sur mon pare-brise. Il ne me reste plus qu'une heure avant d'atteindre ma ville natale et j'ai le sentiment que je vais la découvrir recouverte d'un magnifique manteau blanc. Plus je roule, plus mon intuition se confirme : à l'instant où l'allée d'immenses sapins apparaît devant mes yeux, la neige tombe abondamment, si bien que la couche de poudreuse sur la route s'épaissit à vue d'œil. Mon âme d'accro à Noël se réveille alors, surexcitée. Oubliée la contrariété de tout à l'heure : je suis soudain emplie d'une joie extrême. Pour la peine, je pousse le volume de la console et je commence à m'égosiller sur les paroles de *Last Christmas*.

– *Last Christmas, I gave you my heart, but the very next day, you gave it away...*

La nuit a déjà commencé à tomber, mais les premières maisons qui apparaissent sont déjà totalement décorées, illuminant la pénombre.

– ... *I'll give it to someone special...*

Plus je m'approche du centre-ville, plus les décors lumineux se font denses. La mairie est, comme toujours, absolument magnifique, entièrement entourée de guirlandes et ornée de magnifiques gros nœuds rouges sous chaque fenêtre. Instinctivement, je ralentis pour en apprécier la beauté tout en terminant mon concert intimiste en duo avec George Michael.

– *You gaaave it awayyyy, oh oooohhh...* BORDEL DE MERDE !

Je pile brutalement, les mains serrées sur le volant. Le cri de terreur que je pousse me fait sursauter. Là, parmi les énormes flocons, j'ai aperçu de justesse un piéton qui s'est engagé sur la route.

– Oh mon Dieu, j'articule, pétrifiée dans mon siège.

Plus de Last Christmas *pour moi quand je serai en voiture !*

À l'instant où j'entrouvre ma fenêtre pour m'excuser d'avoir failli embarquer ce pauvre promeneur sur mon capot, il lève la tête… et je *la* reconnais.

– Susan ? je m'étrangle en mettant le frein à main et en bondissant hors de mon véhicule.

Je me précipite vers ma belle-mère. Complètement figée, elle semble elle aussi choquée par ce qui vient de se produire.

– Zoe ? me lance-t-elle, la main crispée autour de la poignée de sa valise. Bon sang, je viens d'avoir la peur de ma vie.

– Mais pourquoi êtes-vous ici ? Vous étiez censée m'attendre à la gare !

– Ça t'ennuie si on parle de tout ça dans ta voiture ? Je suis frigorifiée. Je ne m'attendais pas à devoir affronter une telle tempête de neige…

– Oh, oui, bien sûr. Donnez-moi vos bagages, je…

Je n'ai pas le temps de terminer ma phrase que déjà, Susan me tend ses affaires et s'empresse de se mettre au chaud. Après avoir chargé sa lourde valise ainsi que son sac de voyage dans mon coffre, je reprends place au volant et je pousse la température à fond.

– Bon sang, quel temps ! maugrée ma belle-mère en retirant la neige qui s'est accumulée sur son manteau.

– C'est sûr que ça doit vous changer de San Francisco. Je n'ai même pas eu le temps de vous saluer correctement.

Je me penche dans sa direction et elle me donne une rapide accolade en me tapotant l'épaule. Susan McQain – elle a repris son nom de jeune fille après s'être séparée du père d'Ethan – est une jolie femme. Grande et voluptueuse, elle a un visage fin ainsi que de longs cheveux qui lui tombent jusqu'à la taille et qu'elle a décidé de ne pas colorer. Ses mèches grises lui donnent beaucoup d'allure. Mais au-delà de son physique avantageux, Susan en impose surtout par sa personnalité. Ethan me l'a décrite comme fonceuse et déterminée. Chaque fois que je l'ai rencontrée, elle a toujours été très courtoise avec moi, même si je la sens parfois sur la réserve. C'est aussi pour apprendre à mieux la connaître que je l'ai invitée à participer à l'organisation du mariage. C'est l'occasion rêvée de nous rapprocher l'une de l'autre.

– Je suis contente d'enfin voir un visage familier, me dit-elle tandis que je redémarre.

– Vous savez, les gens sont très accueillants ici, je rétorque. Personne ne vous aurait cherché d'ennuis.

– Oh, je l'ai remarqué. Tout le monde a l'air si heureux… Ces chants de Noël qui résonnent dans les haut-parleurs un peu partout dans la ville, c'est…

– Magnifique, je devine.

– Surfait, complète-t-elle.

Mon sourire se fane légèrement. Évidemment, j'avais oublié à qui j'ai affaire : la mère Scrooge.

– Au fait, pour en revenir à notre rencontre, je reprends, pourquoi avez-vous quitté la gare ?

– Je commençais à en avoir assez d'attendre. Je me suis dit que j'allais marcher pour venir à ta rencontre.

– Mais vous saviez dans quelle direction vous diriger ?

– J'ai suivi les illuminations, répond Susan en haussant les épaules. Dans le pire des cas, j'aurais demandé mon chemin à quelqu'un.

Bon sang, ce n'est que le premier jour et rien ne se passe déjà comme prévu.

– Vous allez pouvoir vous réchauffer au coin du feu chez mes parents et prendre un bon repas, je déclare en souriant. Ils nous attendent avec impatience.

Cette information ne semble pas intéresser le moins du monde ma belle-mère, qui pianote sur son smartphone.

– Dommage qu'à cette période, le seul hôtel de la ville soit complet, lâche-t-elle enfin. Je n'avais pas prévu de m'imposer.

– Ne vous inquiétez pas, mes parents adorent recevoir. Ils sont très heureux à l'idée de vous rencontrer.

– Moi aussi, j'ai hâte d'apprendre à les connaître. Après tout, nous allons devenir… une famille.

Je jette un bref regard à Susan. L'hésitation dans sa voix lorsqu'elle a prononcé le mot « famille » m'a étonnée, mais je préfère garder ma réflexion pour moi, surtout que nous pénétrons dans le quartier résidentiel où j'ai grandi. Il est, évidemment, décoré à souhait. Chaque habitation sans exception est illuminée et lorsque je m'arrête dans l'allée de la maison familiale, j'ai des étoiles plein les yeux. Le toit, les fenêtres, la porte d'entrée, les rambardes de l'escalier qui mène au porche, le porche lui-même, tout est entouré de guirlandes lumineuses.

Je glisse un coup d'œil discret à Susan pour observer sa réaction. Impossible de rester de marbre devant un tel spectacle…

– Waouh, c'est… remarquable, fait-elle en cillant plusieurs fois. Ethan m'avait prévenue que cette ville n'est pas comme les autres ; il n'avait pas menti.

– Vous allez être plongée en pleine féerie de Noël, Susan. Je sais que ce n'est pas votre fête favorite, mais je suis certaine qu'en partant d'ici vous l'apprécierez à sa juste valeur.

– Oh, ma petite Zoe, loin de moi l'idée d'être désagréable, mais si je suis ici, c'est pour le mariage de mon fils. Noël m'indiffère.

Je la détaille un instant, avant de lui faire remarquer :

– Vous savez que c'est le thème de notre mariage, n'est-ce pas ?

– C'est ce qu'Ethan m'a dit, en effet. Ah, je crois que tes parents sont heureux de notre arrivée.

Je tourne la tête en direction de la maison. Mon père et ma mère, souriants, me font de grands signes. Perturbée par le comportement de Susan, je mets quelques secondes avant de la suivre à l'extérieur du véhicule. Mes parents nous rejoignent au moment où nous sortons nos bagages du coffre.

– Ma chérie, te voilà enfin ! me lance ma mère en m'attirant contre elle. Tu m'as manqué !

– Notre championne est de retour au bercail ! s'extasie mon père en prenant le relais de son épouse.

– Coucou tout le monde, leur dis-je en leur rendant leurs baisers. Je vous présente Susan.

– Enchantée de vous rencontrer, commence ma mère en s'avançant, bras ouverts, vers l'intéressée.

Mais celle-ci, visiblement mal à l'aise, tend sa main en guise de salutation. Je sers un petit sourire à mes parents pour leur signifier de ne pas lui en tenir rigueur.

– Zoe, c'est bien toi ?

Nous nous tournons d'un bloc en direction de la maison voisine. Derrière la clôture qui sépare son jardin de celui de mes parents, un homme âgé, le bonnet recouvert de neige, nous fait de grands gestes.

– Monsieur Oliver ! je le hèle. Comment allez-vous ?

– Hein ?

– Comment allez-vous ? je répète en articulant.

– C'est déjà Noël ? s'interroge-t-il sans répondre à ma question.

Je m'esclaffe en m'approchant de quelques pas.

– Je suis venue plus tôt pour préparer le mariage, j'explique.

– Pourquoi veux-tu aller dans mon garage ? s'étonne mon voisin.

– Le ma-ri-age, monsieur Oliver, clame mon père de sa voix qui porte.

– … déjà quatre-vingt-trois ans et il est plutôt en forme pour son âge, j'entends ma mère expliquer à Susan derrière moi.

– Rentrez vite, vous allez bientôt vous transformer en bonhomme de neige, j'ajoute comme la pluie de flocons semble s'intensifier.

– Ah ça, je suis d'accord avec toi, lance monsieur Oliver en levant les yeux au ciel. L'hiver, c'est plus ce que c'était. Il est loin le temps où les températures étaient si basses que même les poils du nez finissaient par geler. Enfin bon, le monde ne tourne plus rond de toute façon. Je l'ai dit, à William, qu'on allait droit dans le mur, mais il ne m…

Sans cesser son monologue, mon voisin referme la porte de chez lui. Personne ne peut lui en vouloir :

ce vieil homme est des plus attachants, malgré son audition qui laisse grandement à désirer.

Après cette entrevue, mes parents, Susan et moi rentrons à notre tour dans la maison familiale. Une fois nos manteaux et nos bottes déposés dans l'entrée, je m'empresse de faire visiter le foyer de mon enfance à ma belle-mère, histoire qu'elle puisse rapidement prendre ses marques et, je l'espère, s'y sentir à son aise. Dans l'escalier, après lui avoir montré la chambre d'amis où elle va dormir, je remarque que son regard s'arrête sur les innombrables photos de famille encadrées au mur. Avec insistance, elle détaille celles sur lesquelles Ethan apparaît.

– Quand cette photo a-t-elle été prise ? demande-t-elle en pointant l'une d'entre elles.

– Il y a trois ans, je réponds en souriant, tandis que le souvenir refait surface dans mon esprit. Nous étions partis tous ensemble à la recherche du sapin de Noël parfait, et notre escapade s'est terminée en bataille de boules de neige. C'est Ethan qui a immortalisé l'instant.

Sur le cliché qui fascine tant Susan, nous sommes tous réunis devant le pick-up de mon père, au-dessus duquel trône le conifère choisi. Nous fixons l'objectif avec des sourires éclatants, de la neige un peu partout sur nos vêtements.

J'adore cette photo.

– Et si nous passions à table ? propose ma mère en se glissant au bas de l'escalier avec un plat tout droit sorti du four, dont la bonne odeur me fait immédiatement saliver.

Mon père et moi ne nous faisons pas prier, et nous prenons rapidement place autour de la table de la salle à manger. Susan, elle, reste encore quelques secondes devant les souvenirs encadrés, puis elle nous rejoint. Comme toujours, le repas est un véritable délice et remplir nos estomacs est notre préoccupation principale pendant un petit moment. Enfin, ma mère lance :

– Alors, Susan, vous aussi vous êtes impatiente à l'idée que le mariage ait lieu ?

– Bien sûr, répond l'intéressée. Enfin, là, j'ai surtout hâte de découvrir toute l'organisation et de pouvoir prêter main-forte à Zoe pour ce qu'il reste à faire.

– Presque tout est déjà planifié, il ne reste plus que quelques détails à régler, je précise. Vous pourrez donc vous reposer et découvrir la ville autant que vous le voudrez.

Susan penche légèrement la tête sur le côté et déclare :

– Mon fils m'a demandé de te seconder le plus possible. Je compte bien me montrer à la hauteur de ses attentes et m'assurer que tout est exactement comme il le souhaite.

Je fronce les sourcils, puis j'affirme :

– Ce sera le cas, Susan. Ethan et moi avons pris toutes les grandes décisions ensemble. Nous avons bien avancé depuis que vous êtes venue nous voir en août. Le menu, le gâteau, la liste des invités, les robes des demoiselles d'honneur… Heureusement, tout cela est désormais fixé. Et tant mieux, à seulement trois semaines du mariage ! Alors considérez votre séjour ici comme des vacances. Cela dit, je suis ravie de vous avoir à mes côtés à l'approche du grand jour.

Ma belle-mère me sert un mince sourire avant de poursuivre son repas. Elle participe vaguement à la discussion engagée entre mes parents et moi, jusqu'à ce qu'elle finisse par reposer ses couverts et annoncer :

– Je crois que je vais aller me coucher. Le voyage, le froid, la neige… Tout ça m'a fatiguée.

– Vous ne voulez pas rester pour le dessert ? lui propose mon père. Ma femme fait une tarte aux pommes à tomber.

– Merci, mais je suis vraiment épuisée.

– Bien sûr, nous comprenons, lui dit ma mère. Si vous avez besoin de prendre une douche, vous trouverez des serviettes de toilette dans l'armoire de la salle de bain. Faites comme chez vous, surtout.

Susan hoche la tête, puis elle quitte la salle à manger. Avant de grimper à l'étage, elle tourne une fois encore la tête en direction des photos accrochées au mur. J'ai du mal à déterminer si elle est heureuse ou contrariée de les voir. Enfin, elle monte tranquillement l'escalier.

– Eh bien, c'est une bonne première rencontre, s'esclaffe mon père en se servant un verre de vin.

– J'aurais aimé que Susan et vous fassiez connaissance avant le mariage, mais c'est une femme très prise et chaque fois qu'Ethan et moi avons essayé d'organiser un dîner, nous n'avons pas réussi à trouver de date où elle pourrait se libérer.

– Ne te tracasse pas pour ces détails, ma chérie, me rassure ma mère. La seule chose qui compte, c'est que nous soyons tous là maintenant. Allez, je vais chercher ma tarte aux pommes pour fêter ça !

– Alors ? Comment s'est passée cette première soirée ? me demande Ethan.

Je m'installe confortablement dans mon lit tout en tenant mon portable à la verticale, pour que le FaceTime soit optimal. Voir le visage de mon futur mari à travers un écran ne vaut pas sa présence à mes côtés, mais c'est mieux que rien.

– Bien, je dirais, je lui réponds. Nous avons dîné, un peu discuté, et ensuite ta mère est montée se coucher. Elle nous a dit que le voyage l'avait beaucoup fatiguée.

– J'espère qu'elle t'a présenté ses excuses pour t'avoir faussé compagnie à New York !

– Bien sûr, je mens, préférant épargner à mon futur époux une nouvelle raison d'être contrarié par sa mère.

– J'aime mieux ça.

– Au fait… des roulés à la cannelle t'attendent.

– Ne me tente pas, gronde Ethan. Être loin de toi est déjà bien assez difficile. Si en plus tu me parles de ces divinités…

Je m'esclaffe, et il m'imite.

– T'es belle quand tu ris, ma Zoe, me glisse-t-il d'une voix plus rauque.

Des fourmillements de bonheur naissent au bout de mes doigts. Le besoin de toucher le visage de mon fiancé, de le sentir tout contre moi, me consume.

– Je le connais, ce regard, reprend-il en basculant sur le dos avant de passer un bras sous sa tête.

– Quel regard ?

– *Le* regard. Celui que tu as quand tu m'aimes.

– Je t'aime tous les jours, toutes les heures, toutes les minutes, je rétorque.

Nous nous dévisageons un instant en silence, plongés dans les yeux l'un de l'autre. Je murmure ensuite, à contrecœur :

– Je vais devoir te laisser, je me lève tôt demain pour le début des préparatifs.

– Voyons voir si j'ai bien mémorisé ton planning, s'amuse Ethan. Premier jour : rendez-vous à l'ancienne demeure des Snowflakes pour les derniers repérages dans le parc où se déroulera la cérémonie ainsi que la salle de réception, puis direction le fleuriste pour le choix final des bouquets.

– C'est exactement ça. Je vais avoir une équipe de choc pour m'aider, entre ma mère, la tienne, Rosalie qui a pris une journée de congé et Lily.

– Lily n'a pas école ?

– Rosie lui fait manquer un jour. Elle a fini par céder à force d'entendre sa fille lui répéter qu'elle a « besoin de respirer, parce que l'école, c'est de plus en plus éreintant », fin de citation.

– Elle a dit « éreintant » ? À son âge ?

– Figure-toi que depuis qu'elle a découvert le dictionnaire, elle s'est donné pour challenge d'apprendre chaque jour un nouveau mot.

Nous nous esclaffons encore, puis j'étouffe un bâillement.

– Allez, va te reposer, capitule Ethan. Demain, tu vas devoir enfiler ta cape de future mariée de Noël. Surtout, appelle-moi en cas de besoin. Je suis sérieux, Zoe. Je culpabilise déjà de ne pas être auprès de toi, alors si tu as le moindre souci ou si ma mère ne se montre pas aussi agréable qu'il le faudrait, passe-moi un coup de fil et je réglerai ça.

– Tu es un amour, Ethan French.

– Tant que je suis le tien, ça me suffit.

Je lui envoie un baiser, puis je raccroche et m'emmitoufle sous les couvertures. Demain, le compte à rebours du plus beau jour de ma vie va débuter… et je ne pourrais pas être plus impatiente.

CHAPITRE 6

ZOE

It's Beginning to Look a Lot Like Christmas
Michael Bublé

– TANTE ZOE !

Ma petite tornade blonde préférée s'élance dans ma direction pour se jeter à mon cou. Je la serre contre moi en prenant le temps d'apprécier nos retrouvailles.

Dans un mois, Lily aura neuf ans. Souvent, je me demande comment le temps a pu passer aussi vite : j'ai l'impression qu'en un clin d'œil, le nouveau-né qui reposait sur mon avant-bras est devenu cette petite fille qui se dirige vers la préadolescence.

– Comment tu vas, Lily jolie ? je lui demande en me mettant à sa hauteur.

– À ton avis ? me répond-elle, les joues rouges d'excitation. C'est bientôt Noël, en plus tu vas te marier et je vais être ta…

– Ma quoi ? Ma serveuse ? je lance en jetant un coup d'œil complice à ma sœur.

– Ta fleuriste ? renchérit cette dernière.

– Mais non ! s'indigne ma nièce. Je vais être ta demoiselle d'honneur !

– Oh oui, c'est vrai, j'avais oublié.

Lily plisse ses yeux turquoise.

– C'est fou, quand tu fais cette tête flippante, tu es le portrait craché de ta mère, lui dis-je.

– Sympa, grogne Rosie.

– Oui, vraiment sympa, tante Zoe.

Je m'esclaffe tout en leur emboîtant leur pas. Évidemment, elles sont arrivées toutes les deux chez mes parents à la première heure, pile pour le petit déjeuner, dont les odeurs embaument délicieusement la maison. Nous rejoignons le salon, et après les embrassades familiales, j'enchaîne sur les présentations.

– Susan, voici ma sœur Rosalie et ma nièce Lily. Les filles, je vous présente Susan, la mère d'Ethan.

Ma belle-mère repose sa tasse de café et se lève pour contourner la table. Elle sourit sincèrement à Lily, qui se tient bien droite.

– Bonjour, maman de Scrooge, déclare ma nièce. Je m'appelle Lily et je suis enchantée de faire votre humble connaissance.

Éberluée, je glisse un regard à ma sœur en mimant avec les lèvres :

– « Votre humble connaissance » ?

– « Humble », c'est son mot du jour, me murmure Rosie en secouant la tête.

– « Maman de Scrooge » ? s'étonne Susan en nous dévisageant, perdue.

– C'est un petit nom affectueux que Lily a donné à Ethan lorsqu'il est venu passer Noël chez nous pour la première fois, l'éclaire mon père.

– Scrooge, c'est… affectueux ?

– Bref, intervient ma mère, installez-vous, les filles, nous allions justement prendre notre petit déjeuner.

– Nous avons rendez-vous dans quarante minutes à l'ancienne demeure des Snowflakes, je rappelle à tout le monde en prenant place.

– Et donc ? commente ma sœur.

– Donc, si on pouvait s'éviter un petit déjeuner à la Reynolds et risquer de se mettre en retard, ce serait bien.

Remarquant l'air dubitatif de Susan, je lui explique :

– Ma famille est une adepte des petits déjeuners copieux qui durent très, très longtemps.

– Ce n'est pas une mauvaise chose, répond-elle. Il s'agit du repas le plus important de la journée.

– Zoe nous a dit que vous êtes une cheffe reconnue, réagit mon père pour engager la conversation, tout en se servant une tasse de café.

– C'est exact.

Ma famille et moi échangeons quelques regards discrets. Visiblement, ma belle-mère n'est pas très causante le matin.

– Une cheffe ? s'exclame alors Lily, avant de croquer dans une part de cake aux fruits. Votre travail, c'est d'être la cheffe et de donner des ordres ? Est-ce que moi aussi je pourrai faire ça quand je serai plus grande ?

– Dieu nous en préserve… soupire mon père avant d'éclater de rire face au visage renfrogné de sa petite-fille.

Rosie s'esclaffe, et je ne peux m'empêcher de me pencher pour déposer un baiser sur la tête de ma nièce.

– La maman d'Ethan est cheffe dans un restaurant, je lui explique. C'est elle qui prépare les menus, réfléchit aux plats qui seront cuisinés. N'est-ce pas ?

– Absolument.

Bon…

Susan continue de prendre son petit déjeuner sans donner plus d'explications à Lily, mais la fillette est déjà passée à autre chose.

Si mon idée était que personne ne s'attarde à table, il faut reconnaître que la nourriture délicieuse que ma mère a préparée met à mal cette bonne résolution. Je me ressers un fond de chocolat chaud et finis de manger mon dernier pancake en appréciant le bruit des conversations dans le salon, sur fond de feu crépitant dans la cheminée. Dehors, le paysage est d'un blanc immaculé. Par les fenêtres, j'admire le ballet des flocons qui tombent. Cette année, je sens que la neige va être notre invitée pour un long moment, et c'est tant mieux.

M'arrachant à ma contemplation, je repose ma tasse quand je me rends compte que l'aiguille de la pendule de la cuisine s'approche dangereusement de l'heure de mon rendez-vous.

– Allez tout le monde, il est temps de partir ! je lance en me levant. J'espère que vous avez pris des forces, parce qu'on a une journée chargée qui nous attend.

– Tu vois, Lily, c'est *ça* être une cheffe, indique ma sœur tandis que notre petite troupe s'habille chaudement pour sortir. Et crois-moi, tu n'as pas envie de devenir comme ta tante Zoe.

– Sympa, je grogne en enfilant mon bonnet.

– Oui, maman, vraiment très sympa, m'appuie Lily en secouant la tête avec un air de reproche.

– Elle est vraiment parfaite, dis-je, émerveillée, face à la grande demeure qui se dresse devant nous.

Accompagnée de mon équipe de choc, je remonte l'allée pavée qui mène jusqu'aux marches de la bâtisse. L'histoire de Snowflakes Garden est intimement liée à cette maison, devenue aujourd'hui un hôtel. Il y a un peu plus d'un siècle, Robert et Claire Snowflakes, un couple aisé, sont venus s'installer dans ce qui n'était encore qu'un tout petit village et y ont fait construire cette habitation grandiose, la plus belle des environs à l'époque. Véritables amoureux de Noël, ils s'étaient donné pour mission de répandre sa magie partout où ils se rendaient… et ils y sont parvenus avec beaucoup de succès. Après leur mort, le maire a décidé de leur rendre hommage en rebaptisant la ville « Snowflakes Garden ».

Mon endroit préféré sur terre.

Les travaux de rénovation pour transformer la demeure en hôtel ont dû respecter un cahier des charges précis, le but étant de préserver l'âme des lieux le plus possible. C'est pour cela qu'Ethan et moi avons décidé de nous marier ici. Cet endroit constitue le cœur de la ville, celui où la magie de Noël est la plus intense. La façade extérieure, sublime au cœur du paysage hivernal au milieu duquel elle se dresse, est magnifiquement décorée. Chaque fenêtre est agrémentée de larges couronnes surmontées de nœuds rouges ainsi que de guirlandes. À la nuit tombée, le lieu doit être absolument féerique.

Nous pénétrons à l'intérieur, et immédiatement, une odeur de bois vernis me parvient, suivie de près par une fragrance de cannelle réconfortante. Sous mes pieds, le parquet d'un marron glacé brille, et face à moi, le majestueux escalier à double révolution qui mène aux étages supérieurs en impose, avec ses rambardes agrémentées d'ornements dorés. Mais ce qui capte le plus l'attention, c'est le sapin décoré qui trône au centre du hall.

Un sourire éclatant aux lèvres, je me dirige vers l'accueil.

– Bonjour, je suis madame Reynolds, dis-je. J'ai rendez-vous avec…

– Madame Reynolds ! s'exclame l'employé derrière le comptoir. Bien sûr, nous vous attendions. Je vais vous accompagner jusqu'à la salle de réception, la directrice vous rejoindra dans quelques minutes. Un biscuit à la cannelle ?

Voilà qui explique le doux parfum ambiant. Je refuse poliment, mais j'incite Lily à venir se servir dans l'assiette que l'homme me tend. Après quoi notre petit groupe est conduit jusqu'à la salle de réception, qui est complètement vide, comme prévu. Je remercie l'employé, puis je me tourne vers les filles.

– Alors, qu'est-ce que vous en dites ? je demande. Évidemment, il faut imaginer l'endroit avec toutes les décorations installées.

Le sol est recouvert du même parquet que le reste de l'hôtel, et de magnifiques moulures habillent le plafond. Mais ce sont surtout les trois immenses baies vitrées donnant sur le parc qui rendent cette salle parfaite. Avoir vue sur le paysage enneigé sera merveilleux.

– Je trouve que la pièce a beaucoup de potentiel, déclare ma mère en balayant les lieux d'un regard appréciateur. Ethan et toi avez fait un très bon choix, ma chérie.

– J'arrive déjà à voir où sera installé le fabuleux gâteau de mariage que je vais te confectionner pour qu'il soit la star de ton repas, renchérit ma sœur, tout sourire.

– C'est super, tante Zoe ! pépie Lily.

– C’est petit, non ?

Nous nous tournons vers Susan, qui détaille la salle de réception d’un air sévère.

– Petit ? je répète.

– Eh bien, oui. Cet endroit paraît… étriqué.

– Nous ne serons pas très nombreux alors l’espace ici est largement suffisant, j’explique.

– Et combien serons-nous exactement ?

– Cinquante-deux, Ethan et moi inclus.

Les yeux de ma belle-mère s’écarquillent.

– Cinquante invités ? répète-t-elle. Mais rien que dans ma famille, nous sommes déjà une quarantaine !

C’est à mon tour de m’ébahir.

– Une quarantaine ? Mais…

J’ouvre le lourd classeur calé sous mon bras, dans lequel chaque point d’organisation du mariage est consigné.

– Un problème, ma chérie ? me demande ma mère en revenant à mes côtés.

– Je ne comprends pas, Ethan et moi avons longuement réfléchi à la liste des invités, je déclare. Il ne m’a donné que seize noms pour les membres de sa famille. Vous êtes certaine que…

– Que mon fils veut se marier en présence des gens qui lui sont chers ? me coupe Susan en croisant les bras. Sans aucun doute.

Je fronce les sourcils.

– Je suis désolée, mais je me fie à ce qu’Ethan m’a dit et…

– Il faut que je lui passe un coup de fil, décide ma belle-mère avant de quitter la salle de réception en pianotant sur son téléphone.

Dès que la porte se referme derrière elle, ma sœur pousse un sifflement éloquent.

– Eh bien, quel agréable personnage, lâche-t-elle.

– J'admets qu'elle est… intéressante, renchérit ma mère.

– Moi, je ne la trouve pas du tout humble, tranche Lily.

Cela a au moins le don de me faire sourire.

– Je ne comprends pas pourquoi elle est si distante avec moi depuis hier, je soupire. Jusque-là, chaque fois que nous nous sommes vues, elle s'est toujours montrée sympathique, mais là…

– Ne t'en fais pas, me rassure ma mère en passant un bras autour de mes épaules. Tu sais, voir son enfant se marier, c'est quelque chose. Tu n'imagines pas à quel point je me retiens de pleurer d'émotion en ce moment même.

– Oh, maman…

– Je crois que Susan est juste un peu stressée par tout ça. Et puis elle a l'air d'être aussi perfectionniste que toi, alors… finalement, son comportement ne me surprend pas vraiment.

Je grimace, et c'est à cet instant que ma future belle-mère réapparaît. Ses joues ont rougi et elle semble contrariée.

– Excuse-moi, Zoe, dit-elle en rangeant son téléphone dans son sac à main. Je viens d'avoir

Ethan au téléphone et il semblerait que tu aies raison : il a décidé de restreindre la liste des invités au sein de notre famille.

Un court silence s'installe. Susan semble sur le point d'ajouter quelque chose lorsque la directrice de l'hôtel fait enfin son apparition.

– Madame Reynolds, je suis très heureuse de vous revoir, me salue-t-elle.

Aussitôt, j'enfile de nouveau mon costume de mariée-organisatrice et après avoir présenté mes accompagnantes, nous revoyons ensemble les détails du grand jour.

– C'est par cette baie vitrée que vos invités rejoindront la salle de réception après la cérémonie, m'explique la directrice. Permettez-moi d'ailleurs de vous dire que l'installation extérieure que vous avez imaginée est absolument fabuleuse. Une chapelle en verre au milieu du parc, ce sera tellement féerique, avec la neige qui tombera tout autour de vous…

– À ce propos, l'équipe chargée du montage viendra le 19 décembre. Cela nous laissera ensuite quatre jours pour décorer cette chapelle ainsi que la salle de réception. Tout sera terminé le 23 au soir pour que le 24, Ethan et moi puissions nous concentrer exclusivement sur notre union.

– Je vois que vous êtes très organisée. Je suis certaine que votre mariage sera parfait.

C'est l'idée, oui !

– Qu'avez-vous prévu pour le menu ? demande alors Susan.

– Je vous le partagerai quand nous aurons fini cette visite, je lui réponds.

– J'espère que vous vous êtes décidés pour un service à table.

– Bien sûr ! Le traiteur nous a programmé une dégustation dans quelques jours pour valider les derniers changements qu'Ethan et moi avons demandés.

– C'est étrange que mon fils n'ait pas fait appel à l'une de mes connaissances pour se charger du repas. Au regard de mes contacts dans le milieu de la gastronomie, j'aurais pensé qu'il me demanderait conseil…

Gênée, je me contente de sourire poliment. Les remarques de Susan créent un léger malaise dont je me serais bien passée… Heureusement, en bonne professionnelle, la directrice de l'hôtel redirige la conversation sur les points d'organisation que nous devons passer en revue ensemble. Après encore une petite demi-heure de discussion, Lily, Rosie, Susan, ma mère et moi quittons l'établissement ensemble.

– Voilà une bonne chose de faite ! lance ma sœur en s'installant au volant de sa voiture. Maintenant, direction le fleuriste.

– Est-ce que je pourrai choisir une fleur à mettre dans mes cheveux le jour de ton mariage, tante Zoe ? demande une petite voix à l'arrière.

– Bien sûr, Lily jolie. Tout ce que tu voudras.

CHAPITRE 7

ZOE

The Christmas Song
Nat King Cole

– Dix bouquets de pivoines blanches et de roses rouges agrémentés de végétaux ainsi que les vases adéquats, soixante-quatre branches de cerisier, deux bouquets de demoiselle d'honneur, un bouquet de mariée et huit cents pétales de rose blancs, récite la fleuriste. C'est bien ce que nous avions convenu ?

– Tout à fait, je confirme.

– Et une fleur pour mes cheveux ! réclame Lily.

Je souris.

– Rajoutez une pivoine blanche, je demande.

– Pas de problème. Vous serez heureuse d'apprendre que j'ai eu mon fournisseur pas plus tard qu'hier. Il m'a confirmé que tout serait livré dans les temps.

Rassurée, je remercie la fleuriste d'un signe de tête. C'est le moment que choisit Susan, penchée sur mes croquis, pour intervenir :

– Excuse-moi, Zoe… Il n'y a aucune fleur de couleur orange ?

Je hausse les sourcils.

– Non, pourquoi ?

– Parce que c'est la couleur préférée d'Ethan ! me répond ma belle-mère comme si elle m'apprenait la nouvelle de l'année.

– Je le sais, mais il n'a pas émis l'envie de la retrouver dans la décoration.

– Vraiment ?

– Bien sûr. Comme je vous l'ai dit, Ethan et moi avons pensé notre mariage ensemble.

Dubitative, Susan plisse les lèvres. Dans le fond de la boutique, ma mère a les bras croisés, concentrée sur notre échange, et ma sœur dévisage mon interlocutrice avec un air contrarié. Lily, elle, est heureusement occupée à admirer les fleurs.

– Vraiment ? répète-t-elle.

– Susan, qu'est-ce que vous insinuez ?

Elle semble vouloir se retenir de me livrer le fond de sa pensée, mais après un court instant, elle pousse un profond soupir et lâche :

– Écoute, Zoe, je t'apprécie beaucoup, mais j'ai l'impression qu'Ethan n'a pas eu son mot à dire dans l'organisation de ce mariage. Enfin, quand même, je connais mon fils. Jamais il n'aurait envisagé une telle fête en plein hiver, sous la neige, par des températures glaciales, et surtout en pleine période de Noël, avant de te rencontrer. Aujourd'hui, je découvre que la moitié de sa famille n'est pas invitée, qu'il n'a pas pris la peine de me consulter en ce qui concerne le menu, et je ne retrouve pas ses goûts dans la décoration prévue. Je ne suis pas en train de dire que tu lui as imposé tes idées, juste que, peut-être, il n'a abondé dans ton sens que pour te faire plaisir et qu'il s'est délibérément oublié.

Outch.

Sans voix, je dévisage Susan, qui semble soulagée d'avoir enfin exprimé ce qui lui brûlait les lèvres. J'avais bien compris que quelque chose la chagrinait concernant le mariage, mais je n'imaginais pas une seconde qu'elle pouvait penser que j'ai tout organisé en laissant Ethan de côté. Lui et moi avons pris chaque décision ensemble, et oui, peut-être qu'il m'a laissée choisir certaines choses selon mes goûts, mais pas au point de tout me céder par amour… n'est-ce pas ?

Non, il n'aurait pas fait ça.

Alors pourquoi est-ce que je sens le doute s'installer en moi ?

– C'est une blague ? gronde Rosalie en s'approchant de nous.

– Rosie… je commence, dans une tentative pour l'apaiser.

– Vraiment, Zoe ? me lance-t-elle en comprenant que je ne souhaite pas répliquer.

Susan me dévisage avant de reprendre :

– Mon but n’est pas de te contrarier, Zoe. Mais je crois que c’est important que ce mariage vous ressemble à tous les deux.

– C’est le cas. Ethan est très satisfait de ce qui est prévu.

De nouveau, ma belle-mère me sert une moue dubitative.

– Je sais à quel point mon fils peut être généreux, dit-elle, qui plus est avec sa future épouse.

– Je ne crois pas que ce soit une question de générosité, je rétorque. Si Ethan avait voulu intégrer de l’orange à la décoration, il me l’aurait dit et j’aurais fait en sorte de respecter son souhait.

Dans ma tête, je me repasse ces derniers mois durant lesquels nous avons tout planifié, en essayant de me souvenir d’un moment où j’aurais, sans le vouloir, occulté les envies de mon futur mari. Je sais que lorsque j’ai un objectif en tête, je reste focalisée dessus jusqu’à l’atteindre, et il m’arrive parfois d’être si déterminée que j’en oublie le monde autour. Mais je n’aurais pas oublié Ethan, pas lui…

Et si c’était le cas ?

Prise par le doute, je déglutis avec difficulté, puis je me tourne vers la fleuriste qui, pendant tout ce temps, tentait de se faire aussi discrète que possible.

– Est-ce que vous pensez qu’il serait encore temps d’obtenir des pétales de rose orange ?

– Euh…

– Zoe ! lance ma mère.

– Vous croyez que les délais pourraient correspondre à notre calendrier ? j'insiste.

– Je vais passer quelques coups de fil, je reviens rapidement.

La commerçante s'éloigne en direction de son arrière-boutique. Susan, elle, tapote mon avant-bras en souriant.

– Très bonne décision, ma petite Zoe.

Son téléphone s'anime alors dans sa poche, et elle déclare :

– Excusez-moi, je dois prendre cet appel. On se retrouve dehors.

Sur ce, elle quitte la boutique. Aussitôt, ma sœur me lance :

– Enfin, qu'est-ce qui t'a pris ?

– Tu ne crois quand même pas à ce qu'elle vient de dire ! s'offusque ma mère.

– Non mais… si ça se trouve…

– Zoe ! tonne Rosie en claquant des doigts devant mon visage. Pourquoi est-ce que tu l'as laissée te déstabiliser ?

Je soupire et me passe une main dans les cheveux.

– Je ne sais pas… C'est la mère d'Ethan et je ne veux pas qu'entre elle et moi les choses se passent mal. Il a déjà perdu son père, je ne veux pas créer de tension dans la famille qu'il lui reste. Et peut-être que Susan…

– A raison ? hasarde ma sœur. C'est n'importe quoi. En tout cas, j'espère qu'elle ne mettra pas son grain de sel lors de la dégustation des gâteaux, parce que je peux t'assurer que…

– Que tu vas sourire et ne pas t'en mêler, je termine à la place de Rosie.

La fleuriste revient à cet instant, visiblement satisfaite.

– Bonne nouvelle, j'ai pu trouver cent cinquante pétales de rose orange, annonce-t-elle. Bien sûr, il y aura un déséquilibre avec les blancs mais…

– Ce sera parfait, dis-je. Vous pouvez passer la commande.

Je la remercie et la salue. Tandis que nous quittons toutes la boutique, Lily s'approche de moi et plonge son regard bleu dans le mien.

– Tu sais, je crois que je me suis trompée, commence-t-elle.

– À propos de quoi ? je lui demande en me baissant à sa hauteur.

– Ethan n'est pas un Scrooge… mais sa maman si.

Je plisse les lèvres pour masquer mon amusement avant de déposer un baiser sur le front de ma nièce.

– Je t'aime, Lily jolie.

– Je t'aime aussi, tante Zoe.

Il est minuit passé et je lance mon second film de Noël de la soirée. La maison est calme, tout le monde est endormi. Je suis la seule à être encore éveillée, affalée sur le canapé, le feu crépitant dans la cheminée et la douce lumière des décorations baignant la pièce. Mon mug de chocolat chaud est vide, abandonné sur la table du salon, et j'hésite à aller m'en resservir un… Enfin, il semblerait que mes jambes prennent leur décision toutes seules, puisqu'elles se déplient d'elles-mêmes et m'entraînent dans la cuisine. Pour ne pas ressasser le comportement de la mère d'Ethan, je laisse ma gourmandise prendre le dessus. Je viens d'une famille de pâtissiers et j'ai compris depuis bien longtemps que les douceurs sucrées guérissent très souvent le cœur et l'esprit. Pas indéfiniment, certes, mais au moins pour quelques précieuses minutes. Et là, tout de suite, j'ai besoin d'oublier que l'attitude de Susan pourrait cacher bien plus qu'un simple stress en vue du mariage qui approche… Que, peut-être, elle cherche à me montrer qu'elle n'est pas d'accord avec le fait que son fils chéri puisse m'épouser.

Je crois que c'est toi le problème dans cette histoire, Zoe.

Bien décidée à ne pas cogiter plus longtemps, j'ouvre les placards de la cuisine, qui sont comme toujours bien garnis, et j'y récupère le chocolat en poudre ainsi que de petites friandises. Je suis en train de saupoudrer ma boisson chaude de sucres d'orge concassés et de placer stratégiquement quelques mini-marshmallows sur la mousse de lait lorsque mon téléphone s'anime. C'est un message de la part d'Ethan, qui dit simplement :

Tu dors ?

J'ouvre notre conversation, et à cet instant, son visage s'affiche sur mon écran. J'accepte le FaceTime, attrape mon mug fumant et retourne au salon.

– Salut, dis-je.

– Salut, me répond mon fiancé.

Souriant béatement, je m'installe sur le canapé tandis qu'Ethan se cale confortablement contre la tête de notre lit, à New York.

– Tu es encore réveillée à cette heure-ci ? me demande-t-il.

– Toi aussi, je lui fais remarquer.

– Je viens de refermer mon ordinateur.

– Tes articles avancent bien ?

– Très. Je vais bientôt pouvoir te rejoindre.

Je pousse un profond soupir de soulagement avant de prendre une gorgée de chocolat chaud pour la peine.

– Tout s'est bien passé aujourd'hui ? s'enquiert Ethan. Ma mère m'a appelé ce matin pour une histoire de liste… Elle ne t'a pas embêtée avec ça, au moins ?

J'hésite à lui parler de ce qui s'est passé chez la fleuriste. Même si je fais tout pour ne plus repenser à la conversation que Susan et moi avons eue, certains de ses mots ne veulent pas quitter mon esprit.

– Zoe ?

– Pourquoi est-ce que tu as choisi de n'inviter que seize personnes de ta famille ? Ta mère semblait vraiment contrariée qu'il n'y en ait pas plus.

– Oh, bon sang, elle est incroyable, grogne Ethan. Zoe, je t'assure que la liste que nous avons établie ensemble contient les noms de tous ceux que j'ai envie de voir. Ma mère peut bien être vexée que le petit-cousin de son arrière-grand-tante ne soit pas convié, je m'en fiche.

– Et en ce qui concerne l'organisation du mariage ?

– Eh bien quoi ?

– Tu… Je veux dire, est-ce que ce qui est prévu te plaît ?

Ethan me dévisage un instant, figé, avant de lâcher :

– Quoi ?

– Les décorations ? Le lieu ? Tu es d'accord avec tout ce qui a été choisi, n'est-ce pas ?

Sourcils froncés, Ethan se redresse et approche son visage de l'écran.

– Zoe, qu'est-ce qui se passe ?

– Rien, oublie ce que je t'ai dit. Je crois que plus le mariage approche, plus le stress me fait paniquer.

– Tu es sûre ?

– Oui, ne t'inquiète pas.

Je souris à mon futur mari. Je ne sais pas si je parviens à le convaincre, mais en tout cas, il reprend sa position détendue, me dévoilant son torse musclé sur lequel j'adore reposer ma tête. Je me délecte de la vision qu'il m'offre… et je le surprends à faire de même.

– Tu es belle dans ton pull moche, me complimente-t-il.

– Il n'est pas moche, il est kitsch juste comme il faut ! je proteste.

Cela nous fait rire tous les deux. Finalement, je lui raconte ma journée, en passant sous silence la tension ambiante. Lorsque je lui dis que je suis en train de regarder *The Holidays*, il me demande la minute exacte à laquelle je me suis arrêtée et je comprends qu'il va prendre le train en route.

– Mais tu vas louper le début ! je proteste.

– Oh, c'est un film de Noël, tu sais. Tous leurs scénarios se ressemblent, je ne risque pas d'être perdu…

Il se tait en voyant mon air choqué.

– Et moi qui croyais t'avoir ramené dans le droit chemin… je déplore en secouant la tête de dépit. Le Scrooge en toi ne mourra donc jamais !

– Le problème, Zoe chérie, c'est que tu l'aimes, mon Scrooge intérieur. Jamais tu ne voudrais le voir disparaître.

Je bougonne en posant mon mug sur la table basse.

– Tu n'es pas prêt à recevoir ton ticket d'entrée dans le club des accros à Noël, c'est moi qui te le dis.

Ethan s'esclaffe, et malgré toute ma bonne volonté, je ne peux m'empêcher de l'imiter. Finalement, nous passons une partie de la nuit à regarder *The Holidays*, ensemble malgré la distance qui nous sépare.

CHAPITRE 8

ETHAN

Winter Wonderland
Bing Crosby

– Et combien de « bombes de Noël » préparez-vous chaque jour ? je demande.

– Deux cents, me répond monsieur Smith, le chef pâtissier que je suis en train d'interviewer. Et en une heure trente, tout est vendu ! Depuis que cette vidéo de moi préparant mes créations a fait le buzz sur les réseaux sociaux, ma boutique est assaillie de clients dès son ouverture.

– Tant mieux pour vous.

– Est-ce que vous voulez en déguster une ?

Je n'ai qu'une idée en tête, m'empresser de clore ce rendez-vous pour pouvoir me rendre à Snowflakes Garden au plus vite. Ces deux derniers jours, j'ai passé un temps fou sur le dossier du sénateur Crane à vérifier les informations que ma source m'a communiquées. Ça n'a pas été chose facile. On peut au moins lui reconnaître une qualité : cet homme sait camoufler ses traces… Le problème, quand on vit sous le feu des projecteurs et qu'on est un menteur doublé d'un manipulateur, c'est qu'on se crée forcément des ennemis et qu'un jour ou l'autre ils finissent tous par parler.

Prenant mon silence pour un assentiment, le pâtissier s'empare d'une pince et dépose un gâteau cylindrique sur une petite assiette. Je pique la fine coque en chocolat blanc qui l'entoure de la pointe de ma fourchette avant de déguster une première bouchée. D'abord, c'est le biscuit moelleux en pain d'épices qui me prend tout le palais puis, petit à petit, les notes de vanille présentes dans la mousse onctueuse et l'insert caramel finissent de me convaincre. Les saveurs sont sucrées, réconfortantes, parfaites pour la période.

– C'est délicieux, j'affirme. Je comprends que vos créations aient du succès. Eh bien, écoutez, monsieur Smith, je crois que j'ai tout ce qu'il me faut. Ça a été un véritable plaisir de vous suivre dans votre quotidien aujourd'hui.

– Et moi, j'ai été ravi de vous le faire découvrir.

Je vois qu'il hésite un instant avant d'ajouter :

– Je ne sais pas si je devrais vous l'avouer, mais la première fois que je vous ai vu, j'ai eu l'impression que vous n'étiez pas un très grand fan de Noël et que vous subissiez votre sort plus qu'autre chose.

– Vous avez changé d'avis, ou vous le pensez toujours ?

– Oh non, je me suis rendu compte que je m'étais bien trompé ! Surtout quand j'ai lu les articles que vous avez écrits pour la rubrique de Noël les années précédentes. Quelqu'un qui n'aime pas cette fête ne pourrait pas écrire de si jolies choses.

Je lui souris, puis nous réglons les derniers détails concernant la parution prochaine de son interview. Ensuite, je le salue et quitte sa pâtisserie, devant laquelle patientent de nombreux clients. Me rendant sur le trottoir d'en face, je sors mon appareil photo de mon sac à dos et immortalise cette longue file d'attente. Même si les créations de monsieur Smith ont déjà la cote, nul doute que l'article que je prépare va le propulser encore plus sur le devant de la scène.

Heureux d'avoir terminé, je décide de me rendre au bureau à pied. L'air hivernal est revigorant et les rues de New York grouillent de monde. Les gens hèlent des taxis, se dirigent vers les bouches de métro, marchent énergiquement, le tout emmitouflés dans des écharpes qui leur couvrent la moitié du visage. En passant devant des boutiques, je croise une chorale affublée de bonnets de lutin qui entonne des chants de Noël. Devant eux est installée une boîte dans laquelle il est possible de déposer un peu d'argent, à destination d'une association qui, en période de fêtes, offre des cadeaux aux enfants hospitalisés. Je m'arrête et sors mon portefeuille.

– *We wish you a merry Christmas, we wish you a merry Christmas, we wish you a merry Christmas and a happy new year !* chantent joyeusement les lutins en me voyant faire.

J'en connais une qui se serait volontiers jointe à eux si elle avait été là.

Cette pensée me pousse à prendre une photo des choristes et à l'envoyer à ma Zoe. Elle me répond d'un cœur, ce qui me fait sourire. Sur ce, je reprends ma route, et quelques minutes plus tard, je passe les portes de l'immeuble qui abrite les locaux de mon journal. À mon étage, les postes de mes collègues sont tous décorés de guirlandes de Noël. Certains portent même ces pulls ridicules qu'apprécient tant les Reynolds… ainsi que toute la population de Snowflakes Garden, à vrai dire.

En prenant place sur ma chaise, je pousse un soupir. Cette fin de journée devra être productive : je dois boucler l'article sur monsieur Smith et sa pâtisserie au plus vite pour sauter dans le train direction Snowflakes Garden afin de retrouver ma future épouse. Cette perspective me fait inévitablement lever les yeux vers la photo de nous deux encadrée qu'elle m'a offerte lors du tout premier Noël que nous avons passé ensemble.

Et dire que, dans un peu plus de deux semaines, elle sera officiellement ma femme…

Tomber amoureux de Zoe est la meilleure chose qui me soit jamais arrivée. Son entrée dans ma vie a été une véritable bénédiction. Elle a remis à leur place des morceaux de moi que je ne n'avais pas conscience d'avoir perdus, elle m'a ouvert la porte à l'amour et m'a montré qu'une éternité à deux s'offrait à nous…

À côté du cadre est placé un petit sapin dans un socle en bois que ma future épouse m'a fabriqué. Les décorations sont des photos de notre couple, et elle a trouvé le moyen d'y incruster une petite guirlande lumineuse. C'est la seule chose festive que j'ai accepté d'installer sur mon bureau. Vivre avec une accro à Noël est une chose, mais il y a tout de même des limites à ne pas franchir. Tapisser mon poste de travail de paillettes et autres ornements kitsch, non merci.

Motivé à avancer aussi efficacement que possible, je me mets à la rédaction de mon article. Le plus difficile, c'est de le commencer : je dois réussir à réunir toutes les informations et à en faire un condensé intéressant qui captivera le lecteur et le fera rêver… Mais phrase après phrase, je me sens de plus en plus inspiré. Le temps semble s'accélérer et je passe une heure entière à taper sur mon clavier sans même relever la tête.

Allez, plus que ma conclusion à écrire, les photos à ajouter et une relecture à faire. Je serai dans les temps, c'est une certi...

– Ethan !

La voix de Lynn, ma rédactrice en chef, résonne à travers l'open space. Ses hauts talons claquent sur le sol tandis qu'elle trottine vers moi.

– Dieu merci, tu es encore là ! fait-elle.

– Qu'est-ce qui se passe ?

– Crane est sur le point de divorcer.

– Vraiment ? dis-je, abasourdi.

– D'après l'un de mes informateurs, sa femme a reçu une enveloppe anonyme contenant de nombreuses photos de son sénateur de mari en compagnie d'une autre. Dans la foulée, elle aurait décidé de mettre un terme à leur mariage.

– Bon sang, c'est un scoop énorme.

– À qui le dis-tu ! Ethan, je veux que nous ayons la priorité sur son interview. Entre ça et le dossier brûlant que tu as monté sur les fraudes dont son mari est coupable, on va cartonner.

– Bien sûr, je…

– Super. Je t'ai réservé un billet d'avion, tu pars dès ce soir pour le Colorado.

Lynn fait volte-face et repart déjà. Réalisant ce qu'elle vient de me dire, je bondis de ma chaise et lui emboîte le pas.

– Le Colorado ? je répète, perdu.

– C'est là que s'est réfugiée Wendy Crane. Ses parents habitent dans la banlieue de Denver. Tu dois la rejoindre au plus vite. On n'a pas de temps à perdre.

– Lynn, je ne peux pas faire ça ! je m'exclame.

Ma rédactrice en chef s'arrête net au milieu du couloir. Abasourdie, elle se tourne vers moi.

– Qu'est-ce que tu dis ? souffle-t-elle.

– Je ne peux pas partir pour Denver. Je dois aller retrouver Zoe et l'aider pour les préparatifs de notre mariage.

Lynn me dévisage, bouche bée. Sur un ton plus doux, je reprends :

– Écoute, tu sais à quel point cette enquête est importante pour moi. Je bosse dessus depuis des mois et le scoop que tu viens d'obtenir est énorme. Mais j'ai promis à Zoe que je serai là et…

– Suis-moi, me coupe ma supérieure avant de prendre la direction de son bureau.

Elle claque la porte dès que nous pénétrons dans la pièce et se plante devant moi, bras croisés.

– Tu sais pourquoi le *TIME* fait partie des journaux les plus influents ? attaque-t-elle. Parce qu'on ne laisse jamais une opportunité nous passer sous le nez. Ce papier qui s'apprête à sortir va avoir des répercussions retentissantes. Grâce à ton travail de longue haleine, tu vas dévoiler les mensonges d'un homme sans scrupules. Est-ce que tu réalises à quel point cela peut booster ta carrière ? Tu seras reconnu par la profession, Ethan.

– Je sais, mais…

– Je ne te demande pas de reporter ton mariage, simplement de repousser ton départ, insiste Lynn.

– Je l'ai déjà fait. Je te rappelle que je suis ici en train de boucler un article alors que j'aurais dû quitter la ville en même temps que Zoe.

– Justement ! Tu vois bien qu'en ce moment les scoops tombent toutes les heures et qu'il est d'une importance capitale que tu sois présent pour le journal pour l'instant.

Je soupire en me passant une main dans les cheveux.

– Écoute, j'aime beaucoup ta future femme, poursuit ma rédactrice en chef. C'est vrai : chaque fois qu'elle est venue te rendre visite ici, elle s'est montrée adorable. Et je suis certaine que si elle était là, elle te pousserait à monter dans cet avion. Une occasion comme celle-là ne se présentera pas tous les mois. Je t'apprécie, Ethan, et si tu tiens vraiment à partir ce soir pour retrouver Zoe, je ne t'en voudrai pas… Enfin, pas éternellement en tout cas. Mais avec ou sans toi, cette interview va se faire, et franchement, après tout le mal que tu t'es donné pour dévoiler les malversations de Crane, je préférerais vraiment que ce soit avec toi.

Me voyant hésitant, Lynn abat sa dernière carte, en posant une main sur mon bras.

– Dis oui, plaide-t-elle. Repousse ton départ de quelques petits jours. Dès que l'article sera prêt à partir, je te promets que je te laisserai tranquille… et tu sais quoi ? Je prolonge d'une semaine les congés que tu as posés pour partir en lune de miel.

Vaincu, je grogne de frustration. Ma rédactrice en chef comprend immédiatement que j'accepte de partir pour le Colorado et elle me donne ma fin d'après-midi pour aller préparer mes affaires.

En quittant le bureau, les remords m'assaillent.

Ma pauvre Zoe… J'espère qu'elle ne m'en voudra pas trop.

CHAPITRE 9

ZOE

Jingle Bell Rock
Glee, The Christmas Album

– Vous êtes prêts, les Reynolds ? je lance.

Mes parents, installés à bord de leur pick-up, me font signe que tout est sous contrôle. Ma sœur, ma nièce ainsi que Susan, accaparée par Lily qui lui pose des questions sur son restaurant, grimpent dans la voiture de Rosie, et je les suis dans mon SUV. Notre destination ? L'exploitation de sapins des Morrison. Les conifères auront une place de choix dans la décoration du mariage et j'ai besoin de vérifier que la marchandise est aussi exceptionnelle que je l'espère… même si je n'ai pas vraiment de doutes. Mes parents, eux, vont en profiter pour acheter le sapin qui sera installé dans la salle à manger.

Après un court trajet, nous atteignons l'immense exploitation enneigée. Quelques voitures sont déjà garées sur le parking et des badauds se promènent à travers les allées, mais le coin est plutôt calme, vu l'heure matinale… à l'exception d'une musique étouffée qui me parvient une fois que je sors de mon véhicule. Je tourne la tête et m'aperçois que Lily et ma sœur sont train de chanter à tue-tête à l'intérieur du leur. Quant à Susan, son visage est impayable. Elle ressemble à une otage qui tenterait d'envoyer un signal de détresse à l'aide de ses yeux. Sa paupière gauche est parcourue de spasmes alors que le refrain de *Jingle Bell Rock* recommence.

– *Jingle bell, jingle bell, jingle bell rock, jingle bells swing and jingle bells ring, snowin' and blowin' up bushels of fun, now the jingle hop has begun !*

Ma nièce saute de la voiture en se trémoussant avec entrain. Les bras croisés, je secoue la tête en masquant mon sourire. Ce matin, au moment de partir pour l'école, Lily-jolie-je-suis-plus-futée-que-la-moyenne-Reynolds a affirmé être soudainement prise de crampes d'estomac, ce qui a décidé sa mère à l'emmener avec nous… Un mal qui paraît miraculeusement guéri.

– Tu es consciente que ta fille est en parfaite santé ? je lance à Rosie dès qu'elle s'approche de moi.

– Tout à fait, j'ai bien compris qu'elle m'a manipulée, me répond-elle en vissant son bonnet sur sa tête.

– Qu'est-ce que tu comptes faire ?

– Officiellement, je lui ai dit qu'elle n'arriverait pas à m'avoir une seconde fois. Officieusement… je suis un peu fière d'elle, je l'admets.

Un peu plus loin, mes parents sont déjà en grande conversation avec monsieur Morrison. Susan, pour sa part, est au téléphone. Préférant la laisser terminer son échange en paix, ma famille et moi nous engageons dans les allées bordées de conifères de toutes tailles.

– Vingt-cinq sapins en tout, me résume l'exploitant. Quinze pour encadrer le chemin qui mènera à l'autel et dix pour la salle de réception.

– Neuf de moyenne taille et un…

– Et un grand. Pas de problème, Zoe, tout est sous contrôle.

Il m'adresse un sourire rassurant, puis il nous observe choisir le roi de la forêt qui trônera dans le salon familial. Il ne nous faut pas plus de quelques minutes pour sélectionner un épicéa de près de deux mètres, que nous nous ferons un plaisir de décorer.

– Magnifique, je commente en le détaillant.

– Parfait, renchérit ma mère.

– Étourdissant ! achève Lily.

Captant le regard étonné de monsieur Morrison, ma sœur précise :

– C'est son mot du jour.

– Je vois, déclare-t-il. Oh, ça me fait penser que j'ai une surprise pour toi, Lily. Ça te dirait de voir un faon ?

– Pour de vrai ? s'exclame ma nièce, déjà tout excitée.

– Puisque je te le dis. Allez, suivez-moi, les Reynolds.

Nous lui emboîtons le pas et quittons les allées pour rejoindre un corps de ferme non loin de l'exploitation. Je fais signe à Susan, toujours pendue au téléphone, pour qu'elle puisse nous retrouver si besoin.

À l'intérieur de l'étable, nous découvrons un petit faon étendu sur la paille, endormi. Nos pas l'alertent et il ouvre subitement les yeux, mais un bruit de bouche de la part de monsieur Morrison suffit à l'apaiser. Derrière lui se trouve une biche qui nous observe intensément.

– Vous commencez un élevage ? demande ma mère.

– Pas du tout, répond l'exploitant. Figurez-vous qu'il y a quelques semaines, j'ai trouvé cette demoiselle en détresse dans mon champ. Il ne m'a pas fallu longtemps pour comprendre qu'elle cherchait un endroit où mettre bas. Comme je n'utilise pas cette grange pour le moment, j'ai décidé de l'accueillir ici avec son petit le temps qu'ils se sentent tous les deux prêts à voler de leurs propres ailes.

– Très bonne initiative, j'approuve.

– Alors elle était SDF et elle est venue se réfugier chez vous ! résume Lily.

– C'est à peu près ça, confirme Morrison en s'esclaffant.

– Est-ce que je peux les caresser ?

– Ils sont pas mal peureux, et je ne crois pas que la mère te laissera approcher de son petit. C'est déjà un miracle qu'elle accepte notre présence.

– Vous leur avez donné un nom ? s'enquiert mon père.

– La femelle s'appelle Quill[1], et son petit, c'est Rudolph.

– Est-ce que vous avez terminé ?

À cet instant, tout bascule. L'arrivée surprise de Susan déclenche une réaction instinctive chez la biche, qui rue dans notre direction. Le faon, lui, tente de se dresser sur ses pattes, mais elles sont encore trop fragiles et il retombe sur la paille. Apeurée, ma belle-mère pousse un cri et recule, avant de trébucher et de tomber dans la neige.

– Oh bon sang, vous allez bien ? je m'inquiète en me précipitant vers elle pour l'aider à se relever.

– Mais qu'est-ce que…

– C'est une biche et son faon ! s'exclame Lily, aux anges. Étourdissant, n'est-ce pas ?

Susan est effectivement étourdie, mais pas pour les mêmes raisons que ma nièce. Essuyant son pantalon désormais mouillé, elle ramasse son téléphone et me demande, drapée d'une contrariété qu'elle tente tant bien que mal de dissimuler :

– Est-ce que tu as tout ce qu'il te faut, Zoe ?

– Oui, la commande est complète et elle sera livrée dans une semaine à l'hôtel, j'affirme. Mes parents vont charger leur sapin et nous pourrons rentrer à la maison.

---

1. Dédicace à C.S. Quill, l'autrice à la chevelure flamboyante qui galope librement sur les terres de la New Romance®.

– Parfait. Puis-je te demander de me rendre un petit service ?

– Je vous écoute.

– Est-ce que tu accepterais de me prêter ta voiture pour que j'aille faire une course en ville ? Comme je suis venue en train, je n'ai aucun autre moyen de locomotion, et je ne peux pas toujours abuser de la gentillesse de tes parents.

– Oui, bien sûr. Aucun problème.

Je fouille à l'intérieur de mon sac à main puis lui tends mes clés. Susan me remercie avant de s'éloigner à grands pas dans la neige. Se plantant derrière moi, ma sœur me glisse alors :

– Eh ben, tu as confiance. Je te parie tout ce que tu veux que la mère Scrooge a une idée derrière la tête.

– Arrête, Rosie.

– Quoi ? Tu vois bien que cette femme est exécrable. Même la biche a voulu lui foncer dessus.

– Elle est juste mal à l'aise parce qu'Ethan n'est pas avec nous et qu'elle a du mal à trouver ses marques. Elle sera plus apaisée quand il nous aura rejoints. Moi aussi, d'ailleurs.

Rosalie passe un bras autour de mes épaules.

– Tu sais, je comprends que l'organisation du mariage puisse te causer du stress, mais j'ai l'impression qu'elle est en train de bouffer toute ton énergie, déplore-t-elle.

– C'est faux. Je suis inépuisable !

– Pas à moi, Zoe, s'esclaffe ma sœur, acide. Je te connais par cœur, et je sais que tu as besoin de toujours tout contrôler. Sauf que tu n'es pas surhumaine. Tout ça, c'est beaucoup de travail, même pour quelqu'un comme toi.

Je me mordille la lèvre inférieure en sentant mes yeux commencer à me picoter. Heureusement, une alarme retentit sur le téléphone de Rosalie, me dispensant de poursuivre cette conversation. Elle grogne en l'arrêtant.

– Je dois retourner à la pâtisserie, j'ai huit douzaines de sablés à préparer, m'indique-t-elle. Et si tu venais me donner un coup de main ?

– Impossible, je dois encore m'entretenir avec Julia pour valider la livraison des décorations que j'ai laissées à l'atelier, et ensuite je dois…

Face au regard noir de ma sœur, je soupire :

– Va pour les biscuits.

– Fantastique. Je dirais même plus : « étourdissant » !

Se tournant vers sa fille, Rosie ajoute :

– Lily, ça t'ennuie de rentrer avec tes grands-parents ? Ta tante Zoe et moi devons nous rendre à la pâtisserie.

– Pas de problème, maman, lance ma nièce depuis l'étable dans laquelle elle semble décidée à s'installer. Écoute bien, Quill, ma petite biche SDF, je vais te raconter une histoire. C'est un pigeon qui va tomber amoureux d'un autre, et ensemble, ils vont vivre une aventure formidable.

Nom d'un épicéa, il y a de grandes chances qu'après ça la pauvre bête cherche à retrouver sa liberté au plus vite !

CHAPITRE 10

ZOE

Sleigh Ride
Mariah Carey

Ensemble, ma sœur et moi quittons l'exploitation de sapins pour rejoindre le centre-ville. Sur notre chemin, nous croisons des employés de la municipalité occupés à déneiger la voie. Il faut dire qu'après une courte pause aux premières lueurs du jour, les flocons ont recommencé à tomber depuis une bonne heure déjà.

Vêtus de vêtements chauds des pieds à la tête, les habitants de Snowflakes Garden ne semblent pas plus perturbés que ça. Ici, nous sommes habitués à affronter les rudesses de l'hiver.

Bras dessus, bras dessous, Rosie et moi remontons le trottoir jusqu'à sa pâtisserie, dont émanent de délicieuses odeurs. Dès que nous pénétrons à l'intérieur, la chaleur nous enveloppe. Plusieurs clients font la queue au comptoir, impatients de se procurer les délicieuses créations de ma sœur. Une fois servis, ils s'installent ensuite dans le coin salon, dans de confortables fauteuils. Là, au coin du feu, ils dégustent viennoiseries et sablés tout en profitant de l'ambiance cosy des lieux. Ceux qui souhaitent se couper totalement du monde peuvent également fouiller dans la bibliothèque très fournie que Rosie a installée.

Derrière la caisse, Gloria, mon amie d'enfance et accessoirement employée ici, sert les gourmands. Son ventre rond de six mois lui va à merveille et son teint est si resplendissant que j'en serais presque jalouse.

– La voilà enfin ! s'exclame-t-elle en m'apercevant.

Elle fait signe à la cliente suivante de l'excuser quelques secondes puis me rejoint pour m'enlacer, le sourire aux lèvres.

– Je me demandais quand tu allais arriver, poursuit-elle une fois que nous nous écartons l'une de l'autre. Tu sais que ton mariage est l'un des sujets de discussion préférés à Snowflakes Garden en ce moment ? La native du coin qui règne sur New York en période de Noël et l'un des journalistes politiques du moment ont choisi notre petite bourgade pour s'unir… C'est magnifique !

Son excitation me ravit.

– C'est toi qui es magnifique, je lui renvoie. La grossesse te va à la perfection. William doit être sur un petit nuage !

Le regard de Gloria s'adoucit. Je suis heureuse que mon ex et elle soient tombés amoureux ; évidemment, je leur ai donné ma bénédiction lorsqu'ils m'ont parlé de leur idylle. Ces deux-là forment un couple adorable et je suis certaine qu'ils s'apprêtent à construire ensemble une famille solide et chaleureuse.

– J'ai tellement hâte de voir quelle décoration tu as imaginée pour ton mariage ! reprend mon amie. Te connaissant, je suis sûre que ça va être magistral.

La remarque se veut enthousiaste, mais elle fait enfler une boule dans ma gorge. Même si l'événement qui se prépare nous appartient avant tout, à Ethan et moi, je sais que nombreux sont ceux qui s'attendent à en prendre plein les yeux. Depuis sept ans, j'imagine des décors féeriques et majestueux pour mes clients, alors pour mon propre mariage, je devrai me montrer à la hauteur de ma réputation… Je veux qu'il entre dans l'histoire de Snowflakes Garden, rien de moins.

– Bon, je dois y retourner, dit Gloria. On se reparle très vite.

– Bien sûr.

Je dépose un baiser sur sa joue ; sur ce, elle repart derrière son comptoir. Ma sœur, qui était occupée à saluer les clients, me fait un signe de la main, et je l'accompagne en direction des cuisines. Les retrouver, toujours parfaitement organisées, me met du baume au cœur. Au-dessus des plans de travail tout en longueur s'alignent des étagères sur lesquelles sont disposés des bocaux contenant toutes sortes d'ingrédients et de toppings dont elle a besoin pour ses créations – et dont la simple vue suffit à me mettre l'eau à la bouche.

Reprendre la pâtisserie de nos parents lorsqu'ils sont partis à la retraite a été une évidence pour Rosalie, passionnée par cet univers dans lequel nous baignons depuis notre enfance, et elle s'en sort à merveille. C'est d'ailleurs pour cela qu'Ethan et moi lui avons confié la création de notre gâteau de mariage.

– Bon, il est temps de voir si tu as perdu la main, me lance-t-elle.

– Jamais de la vie, je réplique.

Elle sort mécaniquement tous les ingrédients indispensables à la préparation des biscuits, puis elle me tend deux recettes de cookies : l'une au praliné et caramel beurre salé, l'autre au chocolat avec des éclats de sucre d'orge.

– Je croyais que tu devais préparer des sablés ? je lui fais remarquer.

– C'est vrai, mais j'ai aussi des cookies à faire pour l'école de Lily. Je me suis dit qu'une petite compétition entre nous ne nous ferait pas de mal. Tu t'occupes des cookies, je me charge des sablés, et on voit laquelle de nous deux termine en premier.

– C'est totalement inégal, Rosie, et tu en as parfaitement conscience.

– Pourquoi donc ?

Son sourire semblable à celui du chat du Cheshire me fait lever les yeux au ciel.

– Parce que ton job, c'est de faire des biscuits toute la journée. Je n'ai ni ton coup de main, ni tes méthodes. En plus, je ne connais pas ton matériel.

– Des excuses et encore des excuses. La compétition coule dans tes veines, Zoe. Je sais que tu vas tout faire pour me mettre la pâtée.

– Bon… Si tu te sens prête à ce que les professeurs de ta fille entonnent mes louanges, alors soit.

Rosalie éclate de rire en nouant son tablier.

– Prête, Reynolds ? lâche-t-elle.

– Prête !

Elle dépose le dernier ingrédient dont nous aurons besoin sur le plan de travail, et cela donne le coup d'envoi de notre compétition.

Ma sœur et moi adorons nous défier mutuellement, mais nous veillons à garder une concurrence saine entre nous. Jamais il ne nous viendrait à l'esprit de nous déchirer bêtement. Elle est la pâtissière de la famille, je suis la décoratrice. Nous savons ce que nous valons, mais de temps en temps, un peu de rivalité fraternelle ne fait pas de mal. Je la regarde activer son mode machine interne et, en une seconde, se mettre à l'ouvrage. À mon tour, je m'empare de tout le nécessaire pour ma recette et me jette dans la préparation. Un peu rouillée, j'oublie qu'avec la quantité de farine que j'ai ajoutée, le robot risque de m'en renvoyer au visage… et ça ne loupe pas. Dès que j'enclenche la vitesse, une pluie de farine me constelle. Rosalie éclate de rire, et pour la peine, je prends une poignée de sucre glace et la lui jette sur le dos.

– Tricheuse, m'accuse-t-elle sans pour autant cesser d'œuvrer.

Très vite, à part le bruit des ustensiles, aucun autre ne se fait entendre dans la cuisine. Ma sœur et moi nous concentrons sur nos tâches respectives. La première pâte à cookies terminée, je la place au frais pour m'occuper de la seconde. En voyant ma sœur adopter une tout autre stratégie – préparer, façonner et mettre à cuire une première fournée de sablés –, je me demande si je n'ai pas fait une erreur… puis je décide de me faire confiance.

Je suis tellement prise par la pâtisserie que je perds la notion du temps. Ce n'est que lorsque mon ventre émet un bruit franchement désagréable que je m'aperçois que l'heure du déjeuner est passée. En nage, de la farine étalée partout sur moi, j'achève de disposer mes derniers cookies sur leur plaque et me retourne vers ma sœur, heureuse de mon exploit. Elle me dévisage, bras croisés et souriante.

Évidemment, elle a déjà terminé ses biscuits.

Mes épaules s'affaissent, mais je suis trop épuisée pour m'indigner.

– Je m'incline, dis-je en retirant mon tablier et en époussetant la farine qui recouvre mes vêtements.

– Je dois reconnaître que tu t'es bien battue, me réconforte Rosalie. Allez viens, petite sœur, il est temps d'aller manger. Mon ventre fait les mêmes sons étranges que le tien, et oui, j'ai réussi à l'entendre malgré le robot en marche.

L'après-midi touche à sa fin lorsque Rosie me dépose à la maison, récupère Lily et rentre chez elle. De leur côté, mes parents désertent à leur tour, attendus par leurs amis du club de bridge. En ce qui me concerne, je suis une vraie pile électrique. Dans quelques heures seulement, j'irai récupérer Ethan à la gare. La perspective de le voir après ces quelques jours de séparation me remplit de joie. Penser à lui me pousse d'ailleurs à me demander où a bien pu passer Susan, qui n'est toujours pas réapparue avec ma voiture.

Est-ce que je devrais commencer à m'inquiéter ?

Mais après quelques minutes, je repère mon SUV qui se gare dans l'allée. Ma belle-mère s'en extirpe et se dirige vers le coffre, duquel elle sort de nombreux sacs qu'elle empile sur ses bras. Abasourdie, je la regarde marcher lentement pour éviter de glisser sur la neige, avant de pénétrer à l'intérieur de la maison.

– Ah, ma petite Zoe, tu es là, m'interpelle-t-elle en entrant. Est-ce que tu pourrais me donner un coup de main pour porter mes achats ?

– Bien sûr ! Qu'est-ce que c'est que tout ça ?

Le logo d'un magasin de décoration sur les différents sacs a attiré mon attention.

– Oh, des petites bricoles dont j'avais besoin, déclare Susan.

– Pour votre restaurant ?

Pour toute réponse, ma belle-mère se contente de sourire.

– Votre course à faire, c'était du shopping ? je reprends. J'aurais pu vous accompagner.

– Pas besoin, je suis plus efficace quand je suis seule. Cela m'évite de me disperser.

Ah.

Après l'avoir aidée à déposer tous les sacs dans sa chambre, je redescends au rez-de-chaussée, et c'est à ce moment que le nom d'Ethan s'affiche sur mon écran de téléphone. Je décroche aussitôt, surexcitée.

– Ça y est, tu es dans le train ? je lâche sans préambule. J'ai tellement hâte de te voir ! J'ai demandé à maman de refaire des roulés à la cannelle ce matin, juste pour toi. Ils sont frais et t'attendent impatiemment.

– Zoe, écoute-moi une seconde.

La voix d'Ethan ne me parvient pas très clairement ; au départ, je pense que c'est à cause du train qui doit certainement être en mouvement. Puis je perçois une voix féminine, et j'entends mon futur époux lui répondre avant de reprendre notre communication :

– Ma Zoe, je ne sais pas comment te dire ça, mais…

Il pousse un profond soupir avant de m'avouer :

– Je ne suis pas en route pour Snowflakes Garden. Je suis dans un taxi en direction de l'aéroport et je m'envole ce soir pour Denver.

– Denver ? je répète.

– L'enquête que je mène depuis plusieurs mois a connu un rebondissement inattendu aujourd'hui. Nous avons tous été pris de court et Lynn m'a demandé de mener une interview en urgence pour pouvoir clore l'article au plus vite.

Totalement prise au dépourvu, je reste accrochée à mon smartphone sans rien dire.

– Zoe ? tente Ethan.

– Combien de temps pars-tu ? je lui demande d'une voix blanche.

– Ce ne sera que pour quelques jours, j'espère, mais je ne peux pas en être certain.

À nouveau mutique, j'essaye de traiter les informations qu'il me communique.

– Je te promets que je te rejoindrai le plus tôt possible, reprend-il.

– C'est déjà ce que tu as dit la première fois que tu as dû décaler ton départ. Est-ce que tu comptes être là le jour du mariage ou est-ce que je vais me retrouver seule devant l'autel ?

Cette fois, Ethan lui aussi est réduit au silence.

– Zoe… finit-il par soupirer. Ne m'en veux pas, s'il te plaît.

De nouveau, la voix féminine que j'ai entendue un peu plus tôt retentit. J'en déduis que c'est la conductrice du taxi lorsque mon fiancé lui demande si le trafic new-yorkais risque de les mettre en retard.

– Écoute, reprend-il ensuite à mon attention, je suis sincèrement désolé, mais je n'ai pas vraiment le choix, là, et…

– Fais bon voyage, je lâche avant de raccrocher et de me laisser tomber sur le canapé.

Incroyable. Au départ, nous devions profiter des dernières semaines avant notre mariage ensemble. Nous aurions dû être impatients et excités à mesure que les derniers préparatifs étaient validés et que le jour tant attendu approchait. Nous avions prévu de nous retrouver tous les deux et de profiter l'un de l'autre après une année pendant laquelle nos métiers respectifs nous ont imposé un rythme effréné. Au lieu de ça, me voilà seule…

En entendant des pas dans l'escalier, je m'efforce de reprendre contenance, alors même que mon téléphone se met à vibrer, m'annonçant l'arrivée de plusieurs messages de la part d'Ethan. Un instant plus tard, Susan pénètre dans le salon, les lèvres plissées.

– J'ai entendu malgré moi ta conversation avec mon fils, m'annonce-t-elle d'un ton désolé. Tu sais, sa carrière de journaliste est très importante pour lui.

– Et ce mariage aussi devrait l'être, je réplique.

– Bien sûr… mais il y a des opportunités professionnelles qui exigent parfois que le personnel passe au second plan.

Je fronce les sourcils.

– Vous êtes en train de dire que notre couple n'est pas la priorité d'Ethan ?

– Non, absolument pas. Mais mon fils a toujours été porté d'abord par ses ambitions.

– Je ne suis pas d'accord. Je vis avec lui au quotidien, je sais que ce mariage qui approche est aussi important pour lui que pour moi.

Le demi-sourire de Susan se fige en un léger rictus qui me met mal à l'aise, encore plus lorsqu'elle me rappelle :

– Et pourtant, c'est vers Denver qu'il s'envole en ce moment même…

Sur ces mots, elle quitte le salon, me laissant bouche bée, les larmes dangereusement au bord des yeux.

CHAPITRE 11

ETHAN

Mistletoe
Justin Bieber

Tu m'en veux encore ?

Crois bien que ça ne me fait pas
plaisir à moi non plus de devoir
décaler mon départ pour Snowflakes
Garden, mais je n'ai pas le choix.

Tu me manques, Zoe.

Je relis les trois messages que j'ai envoyés à ma future épouse dès mon réveil et qui sont, malheureusement, encore sans réponse deux heures plus tard. En soupirant, je range mon téléphone dans la poche de mon manteau. Par la fenêtre du taxi, la ville de Denver défile. Grâce à mes contacts, j'ai pu dénicher l'adresse de la maison des parents de Wendy Crane, dans laquelle cette dernière s'est réfugiée. Vu le contexte, il y a de grandes chances qu'elle refuse de m'accorder une interview ou même de me voir, mais je dois tout de même essayer. Rentrer à New York bredouille et devoir annoncer à Lynn que j'ai échoué serait une grande déception. D'aussi loin que je me souvienne, ma carrière a toujours eu une place centrale dans ma vie, parce que j'aime profondément mon travail et que je veux donner le meilleur de moi-même, monter aussi haut qu'on me le permettra, mais également parce que pendant longtemps mon métier a été tout ce que j'avais. Aujourd'hui, toutefois, les choses sont différentes et je n'arrive pas à être satisfait de la décision que j'ai prise, me rendre ici en sachant que Zoe a besoin de moi. Il y a quelques années, j'aurais fait passer une opportunité de briller avant tout le reste sans avoir à y réfléchir à deux fois ; désormais, force m'est de constater que je ne suis plus le même. Je ne peux plus prendre de décisions seul, pas quand ma fiancée pourrait en être blessée. Je sais que si elle avait été à ma place, elle m'aurait sollicité avant de faire un choix, et je regrette de n'avoir pas pris le temps de lui demander son avis, quelles qu'en auraient été les conséquences.

J'ai peur qu'elle pense qu'elle n'est pas ma priorité...

Je suis tenté de jeter un nouveau coup d'œil à mon téléphone dans l'espoir qu'enfin, un message de sa part me soit parvenu, mais le chauffeur m'indique que nous sommes arrivés. Par la vitre, je détaille la maison au toit gris entourée d'une petite barrière blanche devant laquelle nous venons de nous arrêter. Dans l'allée sont garées deux voitures, et je prie pour que l'une d'elles appartienne à Wendy.

Après avoir demandé à mon conducteur de m'attendre quelques minutes, je sors du taxi, pousse le portillon blanc et grimpe la volée de marches en pierre en haut desquelles se trouve la porte d'entrée. J'appuie sur la sonnette ; quelques secondes plus tard, un homme approchant la soixantaine m'ouvre.

– Monsieur Carroll ? je le salue.

– Je peux vous aider ?

– Oui… J'aimerais parler à votre fille, s'il vous plaît. Est-ce qu'elle est là ?

L'homme perd son sourire et me détaille des pieds à la tête, suspicieux.

– Et vous êtes ?

– Ethan French. Je suis…

J'hésite, avant d'opter pour l'honnêteté :

– Je suis journaliste pour le *TIME*.

Cette fois, le visage de mon interlocuteur n'a plus rien d'amical.

– Partez d'ici ! m'ordonne-t-il.

– Attendez, monsieur Carroll. Je sais ce que vous devez penser, mais je vous assure que…

– Papa ? Qui est-ce ?

Wendy Crane apparaît derrière son père, et nos regards se croisent. Immédiatement, il se place devant elle.

– Retourne au salon, ma chérie, je m'en occupe, grogne-t-il.

– Wendy, je suis journaliste et j'aimerais vous parler, j'interviens. Juste quelques minutes, s'il vous plaît.

– Comment m'avez-vous trouvée ? s'alarme-t-elle.

– Ne vous inquiétez pas, je suis le seul à savoir où vous êtes pour l'instant. Je souhaiterais simplement que vous m'accordiez un peu de votre temps.

Elle me fixe, le front plissé de contrariété, puis elle se tourne vers son père et lui dit d'une voix douce :

– Vas-y papa, je vais gérer ça.

– Wendy…

– Promis, tout ira bien.

Loin d'être convaincu, monsieur Carroll accepte cependant d'écouter sa fille et quitte le hall d'entrée, non sans m'avoir fusillé des yeux auparavant. Dès que nous sommes tous les deux, Wendy m'ordonne :

– Partez d'ici.

– S'il vous plaît, j'ai juste besoin de…

– Je vous ai demandé de quitter les lieux. Obéissez avant que j'appelle la police.

Elle commence à refermer la porte, mais je plaque une main dessus. Regrettant mon geste impulsif, je lève immédiatement les bras et m'empresse de lui expliquer :

– Je m'appelle Ethan French, et depuis des mois, je monte un dossier sur deux sénateurs qui s'adonnent, entre autres, au blanchiment d'argent.

Vous et moi savons que votre mari fait partie de ces deux personnes et j'ai appris hier qu'il avait… une liaison.

Le visage de Wendy pâlit, sa main se crispe sur la poignée de la porte.

– Croyez-moi, je ne suis pas là pour remuer le couteau dans la plaie, je poursuis. Au contraire, j'aimerais vous donner une tribune, une possibilité de vous exprimer, de parler de ce que vous ressentez. Ce que je vous propose, c'est de dresser le véritable portrait de votre mari. Après tout, c'est vous la mieux placée pour parler de lui.

– Vous voudriez que je jette Franck aux loups ?

Baissant mes mains, je tente un pas en avant.

– Non : je souhaite que vous rétablissiez la vérité. Les gens ont le droit de connaître le réel visage des élus qui dirigent ce pays.

Comme elle garde le silence, j'abats ma dernière carte, celle qui peut faire basculer sa décision, d'un côté ou de l'autre :

– Je *sais* qui il est, Wendy. J'ai fait tellement de recherches sur votre mari… Je *sais* que vous avez envie de vous libérer de lui. J'ai retrouvé une plainte que vous avez déposée il y a quelque temps. Elle y faisait état d'insultes, de violences psychologiques. Étrangement, cette plainte, vous l'avez retirée le lendemain même, et puisque cette histoire n'a jamais fuité dans la presse, j'imagine que quelques pattes ont été graissées pour étouffer l'affaire.

Murmurant presque, je conclus :

– Wendy, il fraude, il vous trompe et il vous maltraite. Vous ne devez plus rien à cet homme. Aidez-moi à faire cesser ses agissements !

Les yeux humides, la jeune femme me dévisage pendant un long moment avant de me demander :

– Êtes-vous marié, monsieur French ?

– Je le serai dans quelques semaines.

La question m'étonne, mais je me surprends encore plus lorsque je ressens le besoin d'ajouter :

– D'ailleurs, j'ai repoussé le moment de rejoindre ma fiancée qui est en train de terminer les préparatifs du grand jour pour venir ici.

– Et vous pensez qu'elle va encore vouloir vous épouser après ça ?

La minuscule lueur d'amusement qui passe dans les yeux de Wendy m'aide à me détendre un peu.

– Je l'espère.

Elle passe une main sur son visage, essuie les quelques larmes qui se sont échappées de ses yeux puis m'annonce :

– J'ai besoin de temps.

– Wendy, je…

– Revenez dans trois jours. Je vais répondre à vos questions, mais avant, j'ai besoin de m'organiser, de faire quelques démarches, et surtout, de m'entretenir avec mes avocats.

Elle semble percevoir le doute dans mon regard, puisqu'elle précise :

– J'imagine que si vous m'avez trouvée, d'autres y parviendront également tôt ou tard, mais ne vous inquiétez pas, je ne leur donnerai pas la priorité. Et je ne reviendrai pas non plus sur ma décision. Revenez dans trois jours, monsieur French, et je vous dirai tout ce que vous voudrez.

Sur ce, elle referme doucement sa porte. Je lâche un soupir de soulagement, et mon cœur s'emballe.

Plus que trois jours avant de boucler un article qui marquera un tournant dans ma carrière.

Plus que trois jours, et je pourrai retrouver la femme que j'aime.

En quittant la maison des Carroll, je sors mon téléphone portable de ma poche, mais je constate, déçu, que l'écran n'affiche aucun nouveau message. Angoissé quant à l'état de ma Zoe, je décide d'appeler ma mère pour prendre des nouvelles.

– Mon chéri, décroche-t-elle après la seconde sonnerie.

– Salut maman. Comment tu vas ?

– Bien mieux maintenant que je t'entends.

– Est-ce que tu as vu Zoe aujourd'hui ?

– Eh bien, oui, ce matin. Pourquoi ?

Je n'ai pas vraiment envie de lui expliquer que ma future femme m'en veut. J'aime ma mère, mais elle et moi n'avons jamais été très proches, en tout cas pas comme le sont Zoe et Nicole, par exemple. Elle a toujours été très indépendante et est habituée à ne pas avoir de comptes à rendre à qui que ce soit. Pendant longtemps, j'ai été comme elle… mais plus maintenant.

– Oh, je crois comprendre ce qui se passe, devine-t-elle. Zoe n'arrive pas à digérer que tu aies décidé de faire passer ta carrière en priorité, c'est ça ?

– Je… non, ce n'est pas ce qui s'est passé, je réplique en fronçant les sourcils.

– Vraiment ? C'est pourtant ce qu'elle m'a dit.

Je me fige alors que je m'apprêtais à remonter dans le taxi.

– Zoe t'a raconté ça ? je demande, abasourdi.

– Eh bien, peut-être pas aussi directement, mais il me semble l'avoir entendue se plaindre du fait que votre couple et votre mariage n'avaient pas l'air de t'importer.

Un nœud se forme dans mon estomac. Comment peut-elle penser une chose pareille ? J'ai du mal à croire qu'un imprévu professionnel puisse lui faire remettre notre histoire en question.

– Tu n'as pas à t'en vouloir d'aimer ton travail, mon chéri, reprend ma mère. Je trouve que la réaction de Zoe est un peu exagérée.

Plus elle parle, plus je me sens mal à l'aise ; je décide donc de couper court à la conversation.

– Je vais devoir te laisser, maman : il faut que je prépare mon interview. Quand tu la verras, est-ce que tu pourras demander à Zoe de m'appeler, s'il te plaît ?

– Bien sûr, compte sur moi.

CHAPITRE 12

ETHAN

White Christmas
Bing Crosby

Pour le menu, j'ai finalement validé
le numéro 2. Ça te convient ?

Bien sûr, je te fais confiance là-dessus.

Je laisse passer quelques secondes, puis j'envoie un second message :

On se voit bientôt.

Lorsque je reçois un smiley en guise de réponse, je comprends que Zoe est encore un peu contrariée, mais au moins, elle ne m'ignore pas… Si de son côté les préparatifs ont continué, en ce qui me concerne, j'ai pris le temps de préparer mon interview afin de tirer le meilleur profit possible du témoignage que Wendy Crane est prête à m'accorder.

Au bureau, c'est aussi l'effervescence. Depuis que les langues ont commencé à se délier, Lynn me transfère de nouveaux éléments chaque jour et mon article ne cesse de s'étoffer.

Je range mon téléphone dans ma poche en arrivant devant la maison des Carroll. Lorsque le père de Wendy m'ouvre, il me gratifie toujours de son regard méfiant, mais il ne m'empêche pas de pénétrer dans la maison. À l'intérieur, la décoration est plutôt traditionnelle, sans être trop chargée. Malgré le niveau de vie confortable qu'a connu leur fille auprès de Crane, je remarque que ses parents sont des gens simples, bien loin du m'as-tu-vu qui entoure constamment le sénateur corrompu.

– Bonjour, monsieur French, m'accueille Wendy, qui m'attendait dans le salon.

– Encore merci d'accepter de répondre à mes questions, je lui réponds en prenant place dans le fauteuil en face d'elle. J'imagine quel courage cela doit vous demander.

Elle hoche lentement la tête.

– Est-ce que vous désirez boire quelque chose ? me propose-t-elle.

– Non merci.

– Vous avez envie d'entrer immédiatement dans le vif du sujet, je me trompe ?

Je lui souris, amusé qu'elle m'ait percé à jour si facilement. Laissant son regard se perdre dans le vide, elle commence :

– Franck et moi nous sommes rencontrés à l'université. Nous étions jeunes, déterminés, remplis d'envies sans être dévorés par l'ambition. Je suis tombée amoureuse de lui en à peine quelques semaines. Il était beau, charismatique, et il avait une façon si particulière de manier les mots… Il savait quoi dire, quand le dire, et il s'assurait toujours que chacune de ses paroles ait autant d'impact que possible. J'étais fascinée par lui, et émerveillée qu'il m'ait choisie. Dès que nous avons été diplômés tous les deux, nous avons décidé de vivre ensemble, et dans la foulée, Franck m'a demandée en mariage.

Un sourire triste apparaît sur les lèvres de Wendy. Posé sur le haut de mon genou, mon téléphone enregistre le moindre mot qu'elle prononce.

– Je me souviens que le jour de la cérémonie, au moment de me conduire à l'autel, mon père m'a glissé qu'il couvrirait mes arrières si je décidais de m'enfuir. On aurait dit qu'il savait, qu'il se doutait que Franck ne serait pas à la hauteur.

En écoutant la jeune femme, je sens mon cœur se serrer. Moi, je n'aurai pas mon père à mes côtés pour cette étape si importante de ma vie… Et même si je suis certain qu'il aurait trouvé Zoe aussi parfaite que moi, j'aurais aimé qu'il puisse la rencontrer, partager mon bonheur. Le perdre si jeune a été une épreuve douloureuse pour moi, difficile à surmonter. Avec le temps, j'ai appris à vivre avec son absence, et le plus souvent j'y parviens très bien. Mais le manque d'une personne que l'on aime ne se fait jamais autant ressentir que lors d'événements importants : cela nous oblige à penser à tout ce qu'ils loupent, tout ce qu'ils ne voient pas, tout ce qu'on ne peut pas leur dire… Mais je n'ai malheureusement pas d'autre solution que d'accepter que mon père ne me connaîtra jamais en tant que mari et, peut-être un jour, en tant que parent à mon tour.

Cela dit, ce n'est pas le moment de me laisser emporter par la vague de mélancolie qui a déferlé en moi par surprise. Wendy continuant son récit, je m'oblige à me concentrer sur ses paroles.

– J'avais l'impression de vivre un véritable conte de fées… en tout cas au départ. Quand Franck a été engagé par le cabinet du sénateur Simpson, les choses ont commencé à changer. Sa façon d'envisager la vie, les gens, son rapport à l'argent… Avoir un pied dans le monde politique lui a retourné la tête. Un jour, j'ai essayé de lui faire ouvrir les yeux, de lui dire que l'homme qu'il était en train de devenir n'était pas celui dont j'étais tombée amoureuse, et c'est là qu'elles ont débuté… les violences.

Wendy lève une seconde les yeux dans ma direction. Je prends bien soin de garder un visage neutre, même si je sens que nous allons entrer dans une partie sombre de son récit, qui me bouleversera.

– Elles n'étaient pas physiques, mais elles étaient tout aussi douloureuses, si ce n'est plus que des coups, reprend-elle. Au départ, ce n'étaient que des piques, des remarques qu'il me lançait quand j'osais remettre ses choix en question… et puis un jour, il a décidé de se présenter comme sénateur à son tour. Durant toute sa campagne, il est redevenu le Franck que j'avais toujours connu et je me suis prise à espérer que, peut-être, nous pourrions repartir de zéro. Il m'a dit qu'une fois en poste, il gagnerait beaucoup d'argent, que je n'aurais plus besoin de travailler, qu'il allait prendre soin de moi et, bêtement, je l'ai écouté. Je l'ai laissé me retirer mon indépendance, m'attacher à lui.

Wendy s'éclaircit la gorge, puis elle poursuit :

– Le jour où il a été élu, il s'est transformé radicalement. Il est devenu une sorte de monstre avide de pouvoir. Il rentrait de plus en plus tard, voire parfois pas du tout, nos voitures étaient de plus en plus coûteuses et rapides, nos maisons de plus en plus grandes… Finalement, il en est venu à me reprocher de vivre à ses crochets. À me traiter comme une moins que rien, à agir comme si j'étais sa propriété, comme si je pouvais tout accepter, tout endurer, simplement parce qu'il m'offrait un train de vie luxueux. Un jour, lors de l'un de ses nombreux accès de colère, il m'a poussée au point de me faire tomber au sol, et je me suis rendue au commissariat. Lorsque j'ai donné le nom de mon mari, j'ai vu dans les yeux du policier face à moi que ma bataille était perdue d'avance, alors oui, j'ai retiré ma plainte dès le lendemain.

Un nouveau sourire apparaît sur les lèvres de la jeune femme.

– Ça va vous paraître fou, mais apprendre qu'il entretient une liaison a été un véritable soulagement. Même si j'ai ressenti un pincement au cœur en voyant ces photos de lui avec une autre femme, j'ai rapidement compris que c'était là mon ticket pour la liberté. Avec des preuves comme celles-là, il ne pourra pas me refuser le divorce.

C'est avec détermination que Wendy conclut :

– Je veux m'éloigner le plus possible de cet homme, je ne veux plus jamais en entendre parler, mais vous aviez raison : je me dois de dire la vérité sur celui qu'il est vraiment, ne serait-ce que pour ouvrir les yeux à tous ceux qui, comme moi, ont un jour cru aveuglément à ce qu'il leur racontait.

– Je vous le répète, c'est très courageux de votre part. Que pouvez-vous me dire sur le blanchiment d'argent ?

– Pas grand-chose. J'étais son épouse, vous savez, je devais tenir le foyer et m'assurer qu'il ne manque de rien… Jamais il ne me mettait dans la confidence en ce qui concerne son travail.

– Donc, vous n'avez aucune information à propos des malversations auxquelles il se livre ?

– Moi, non. Mais je peux vous donner les coordonnées d'un ancien comptable, si vous voulez. Franck a mis fin à son contrat de façon abrupte, et je sais qu'il lui en veut toujours de ce renvoi injustifié.

Je note les coordonnées que me communique Wendy, puis je lui pose encore quelques questions.

Après quoi j'arrête l'enregistrement et je commence à remballer mes affaires.

– Au fait, comment l'a pris votre fiancée ? me demande la jeune femme.

– Quoi donc ?

– Le fait que vous préfériez être ici plutôt qu'avec elle.

– Ce n'est pas vrai, j'affirme, piqué au vif. Je donnerais n'importe quoi pour être auprès d'elle, mais j'ai dû faire un choix et je sais qu'elle le comprendra. Zoe est formidable, elle me soutient comme personne.

Wendy sourit.

– Vous verrez, le mariage, ce n'est pas toujours simple, mais tant qu'il y aura de l'amour entre vous, ça ira. Oh, d'ailleurs, tant que j'y pense…

Elle s'éclipse quelques secondes, me laissant perplexe, puis revient avec une boule à neige entre les mains.

– Tenez, c'est pour votre future femme, m'annonce-t-elle.

Je m'empare de l'objet avec un haussement de sourcils dubitatif.

– Mes parents sont ensemble depuis quarante-trois ans, m'explique Wendy. Je ne dis pas que leur relation est parfaite, mais ils ont toujours été mon modèle en matière de couple solide. Les boules à neige, c'est leur truc. Ils s'en offrent l'un à l'autre chaque fois qu'ils partent en voyage, ou parfois même sans raison particulière. Elles sont devenues le symbole de leur amour qui dure. Donnez celle-ci à votre fiancée.

– Oh, je ne veux surtout pas prendre quelque chose qui appartient à vos parents.

– Ne vous inquiétez pas, ils en ont à revendre. Et ils sont d'accord.

– Bon… Merci, dans ce cas.

Je détaille le couple amoureux qui s'embrasse dans la boule à neige, en pensant qu'elle plaira sans aucun doute à ma Zoe.

– Vous savez, reprend mon interlocutrice, je ne prétends pas être experte en mariage – la conclusion désastreuse du mien le prouve –, mais je peux quand même vous dire ceci : une femme n'a pas besoin d'être couverte de bijoux, de vivre dans des demeures de luxe et d'être conduite dans des voitures haut de gamme pour être heureuse. Ce qu'il lui faut, c'est la certitude qu'elle pourra toujours compter sur l'homme qu'elle aime, quoi qu'il arrive. Promettez à votre fiancée d'être là pour elle, Ethan, et surtout, tenez votre promesse.

Je détaille un instant les yeux brillants d'émotion de Wendy avant de lui assurer :

– Je le ferai.

CHAPITRE 13

ZOE

Underneath the Tree
Kelly Clarkson

– Zoe, il y a quelqu'un à la porte pour toi ! s'écrie mon père.

Réveillée depuis quelques minutes seulement, je descends l'escalier encore vêtue de mon pyjama en pilou à motifs de têtes de renne – un cadeau de ma mère pour fêter mon retour à la maison –, et en arrivant dans le hall, je découvre un livreur qui tient un colis dans ses mains.

– Vous êtes Zoe Reynolds ? me demande-t-il.

– Oui.

– Tenez, c'est pour vous.

Je signe le reçu et je referme rapidement la porte après le départ du postier, histoire d'empêcher l'air glacial de s'infiltrer à l'intérieur de la maison. Dehors, le paysage est givré, figé par le gel dans des tons blancs et bleutés absolument sublimes. J'adore contempler ce spectacle en étant moi-même bien au chaud, mais je ne tiens pas à ce que les températures négatives me rattrapent jusqu'ici.

– Déjà un cadeau ? s'étonne ma mère lorsque je la retrouve dans le salon.

– Il faut croire que le père Noël pense que je mérite d'être gâtée en avance, dis-je en m'empressant d'ouvrir ce colis mystère.

À l'intérieur, au milieu des fibres de calage, se trouve une boule à neige magnifique. Son socle doré est orné d'arabesques, et sous son globe en verre, un couple de mariés s'enlace parmi les minuscules flocons. Je m'empare de la carte qui dépasse du paquet. En lisant les quelques mots qui y sont inscrits, je sens mon cœur se réchauffer :

J'arrive bientôt.
Je t'aime.
Ton Scrooge

– Oh, Ethan, quel romantique ! claironne ma mère, les joues rouges de plaisir alors même que c'est à moi que le cadeau est destiné.

Je serre la boule à neige contre moi et je me sens soudain mal à l'aise d'en avoir voulu à mon futur mari ces derniers jours. Même si j'ai fini par répondre à ses messages, je me reproche de m'être montrée plus distante qu'à l'accoutumée… Pour ma défense, lorsque Susan a évoqué la possibilité que je ne sois pas la priorité d'Ethan, cela a mis à mal ma confiance en moi et, je l'admets, en mon futur mari aussi. Pourtant, un fourmillement d'excitation me parcourt à la vue de son cadeau et cela me décide à bondir sur mon téléphone avant de me réfugier dans le cellier pour avoir un peu d'intimité. Dès que sa voix matinale, rauque et chaude, résonne dans le combiné, une envolée de papillons explose dans mon estomac.

– Ma Zoe ?

– Je t'aime aussi, je lance sur-le-champ.

Il se passe quelques secondes avant qu'il ne réponde :

– J'en déduis que mon cadeau te plaît.

– Il est parfait. Où as-tu trouvé cette boule à neige ?

– Elle appartenait aux parents de Wendy Crane. Ils ont décidé de nous l'offrir quand ils ont su que j'allais bientôt me marier.

– C'est gentil de leur part.

Ma gorge se serre et je murmure :

– Tu me manques tellement, Ethan…

– Toi aussi, soupire-t-il. Raccroche, je te rappelle dans quelques secondes en FaceTime. J'ai besoin de te voir.

Je m'exécute sans même penser à l'image que je dois renvoyer, à peine réveillée. Presque aussitôt, le visage de mon fiancé apparaît et je m'empresse de répondre. Le voir encore allongé dans son lit me fait fondre.

Ce que je ne donnerais pas pour être blottie dans ses bras...

– Tu sais ce qui m'a manqué encore plus que toi ? commence-t-il. Ta voix ! Tu aurais pu me rappeler, quand même !

Mon sourire se fige.

– Te rappeler ? je répète. J'ai eu tous tes textos, mais tu ne m'as pas téléphoné, si ?

– Non, mais j'avais demandé à ma mère de te faire passer le message.

Face à mon air surpris, les sourcils d'Ethan se froncent.

– Elle ne t'a rien dit ? comprend-il.

– Non.

Un court silence s'installe, avant que mon futur mari ne déclare :

– Elle a dû oublier.

– Oui, sûrement, j'acquiesce, pas vraiment convaincue cependant. Bon, oublions tout ça. Comment avance ton article ?

– J'ai besoin de faire des recherches pour vérifier certaines des informations que m'a données Wendy Crane lors de son interview, puis je vais mettre les bouchées doubles pour boucler mon article et l'envoyer à Lynn au plus vite.

– Ça veut dire que tu vas bientôt pouvoir me rejoindre !

– Exactement, dès que j'aurai mis le point final à mon papier. Quand je serai auprès de toi, je veux qu'on passe tout notre temps ensemble, sans aucune distraction.

Décidément, cette journée commence de façon idyllique… Complètement sous le charme, je souris comme une idiote.

– Parle-moi, j'ai envie de t'entendre, poursuit Ethan. Quel est ton planning du jour ?

– Eh bien, dans quelques minutes, Rosalie va arriver pour la dégustation de la pièce montée… mais maintenant que j'y pense, je crois que me laisser faire seule le choix final n'est pas une bonne idée. Peut-être qu'on devrait attendre que tu sois arrivé et…

– Surtout pas, me coupe-t-il. Ne change pas ton organisation pour moi. J'aurais dû être là, et malheureusement, ce n'est pas le cas, alors tu as le droit de décider pour nous deux, surtout qu'on s'est déjà mis d'accord sur des goûts possibles la dernière fois qu'on est venus ici. En plus, tu me connais, je ne suis pas difficile en ce qui concerne les gâteaux, alors je te fais totalement confiance.

Alors que ses paroles devraient me rassurer, elles ne font en fait que réveiller de l'inquiétude en moi, parce que celles de Susan me reviennent à l'esprit.

« Je ne suis pas en train de dire que tu lui as imposé tes idées, juste que, peut-être, il n'a abondé dans ton sens que pour te faire plaisir et qu'il s'est délibérément oublié. »

– Ethan, je ne crois pas que…

– Attends un peu, Zoe Reynolds. Montre-moi ce pyjama qui m'est totalement inconnu.

Je baisse la tête pour regarder mon ensemble, puis je pose mon portable sur une étagère du cellier, le faisant tenir contre le mur, et recule pour que mon fiancé n'en loupe pas une miette. Un sifflement équivoque me parvient depuis le téléphone.

– Eh bien, voyez-vous ça… réagit Ethan. Qui aurait cru que des rennes noëlesques rendraient si bien sur toi ?

M'esclaffant, je me prête au jeu et j'entame un tour sur moi-même.

– Me voilà jaloux d'un Rudolph en pilou, grogne mon futur mari.

Mon humeur ne cessant de s'améliorer de seconde en seconde, je commence à effectuer des mouvements au hasard sur une musique qui n'existe que dans ma tête. Les cheveux attachés en un chignon approximatif, le visage encore marqué par le sommeil et loin d'être à mon avantage dans ma tenue, je me sens pourtant à l'aise, parce que je sais qu'il n'y a que de l'amour dans le regard d'Ethan.

– Ce que tu vois te plaît, Scrooge ? je lui lance.

– Beaucoup.

Je me surprends à tenter de tortiller des fesses de façon sexy, mais je ne suis pas vraiment douée pour ça. J'ai plutôt l'impression d'être un noisetier que l'on secoue… Mais le rire de mon fiancé n'a rien de moqueur, au contraire.

– Alors, monsieur French, la marchandise vous convient ? je le taquine. Vous êtes prêt à signer jusqu'à ce que la mort nous sépare ?

Au moment où je termine ma phrase, je pivote sur moi-même… et découvre ma belle-mère dans l'entrebâillement de la porte du cellier. Figée, elle me dévisage sans ciller.

– Oh, Susan, je ne vous avais pas vue ! je m'exclame, mortifiée.

– Je venais juste te prévenir que Rosalie est arrivée, m'indique-t-elle. Bonjour, mon chéri.

– Salut maman, lui répond Ethan.

Sur ce, elle s'éloigne sans demander son reste. Dès qu'elle est hors de vue, j'enfouis mon visage dans mes mains en gémissant de honte.

– Oh mon Dieu, je n'en reviens pas qu'elle m'ait surprise en train de me trémousser de cette façon…

La seule chose que mon futur mari trouve à répliquer, c'est… littéralement rien, tant il est occupé à rire en silence.

– Ethan, ta mère m'a entendue te demander si la marchandise te convenait ! j'insiste, mortifiée.

– Et alors ?

– Et alors ? je répète. Déjà qu'elle ne…

Je me tais brusquement lorsque je réalise que j'étais à deux doigts de parler à mon fiancé du comportement de sa mère à mon égard. Pour une raison que je ne m'explique pas, je la sens réticente à mon contact et je ne sais vraiment pas quoi faire pour arranger cette situation face à laquelle je me sens impuissante.

– Je veux dire… ce n'est pas l'image que je veux qu'elle garde de moi, je me reprends.

– Arrête de t'inquiéter pour si peu. Bref, je vais devoir y aller, ma Zoe. J'ai des choses à voir avec Lynn, et en plus, si j'ai bien compris, Rosalie vient d'arriver chez tes parents.

– Je n'ai pas envie de raccrocher. J'aime tellement voir ton visage…

Ethan me sert un petit sourire contrit avant de m'assurer :

– Je serai là bientôt.

Je hoche la tête et lui envoie un baiser avant de ranger mon smartphone dans la poche de mon pantalon de pyjama. Je retourne ensuite dans le salon, où Rosie est déjà en train de préparer sa dégustation. De nombreuses boîtes sont disposées un peu partout, et elle entreprend de dresser un couvert pour ceux qui se portent volontaires pour m'accompagner. Sans surprise, Susan décline, mais mes parents, eux, acceptent avec plaisir de servir de cobayes.

– Prête à ravir tes papilles, petite sœur ? me lance Rosie une fois que nous sommes tous installés.

– Évidemment, je lui renvoie, impatiente.

Mon ventre émet d'ailleurs un gargouillis. Sachant que la dégustation était prévue ce matin, je n'ai pas encore pris de petit déjeuner.

À l'instant où Rosalie commence à sortir le premier échantillon de gâteau de son carton, la sonnette de la maison retentit.

– Oh, ne vous embêtez pas, je m'occupe d'aller ouvrir, s'empresse d'annoncer Susan. Profitez de la dégustation en famille.

Elle disparaît presque immédiatement, ce qui me paraît un peu suspect. Mais très vite, ma sœur retrouve mon attention en rappelant :

– Bon, la dernière fois qu'Ethan et toi êtes venus à Snowflakes Garden, nous nous sommes mis d'accord sur la décoration de la pièce montée selon tes croquis et vous avez sélectionné ensemble trois goûts d'entremets différents qui vous tentaient. Comme prévu, j'ai donc fait plusieurs essais à partir de là.

– Tenez, installez ça ici, déclare Susan, de retour dans le salon.

Un homme que je ne connais ni d'Ève ni d'Adam la suit, les bras chargés de plusieurs boîtes qu'il dispose selon les indications de ma belle-mère. Abasourdis, mes parents, Rosie et moi les regardons tous les deux sans comprendre ce qu'ils font.

– Qu'est-ce que… je tente.

– Merci beaucoup pour votre rapidité, lance Susan à l'inconnu, qui s'éclipse sur-le-champ.

Puis elle se tourne vers nous, et en voyant nos airs éberlués, elle annonce :

– Surprise, Zoe ! Bienvenue à ta seconde dégustation de pièce montée.

CHAPITRE 14

ZOE

Christmas In My Heart
Loving Caliber ft. Mia Pfirrman

Me voyant abasourdie, Susan explique :

– Tu te souviens, quand nous sommes allées visiter l'hôtel où aura lieu la réception, je t'ai demandé si je pouvais voir le menu de ton mariage. Après l'avoir consulté, je me suis rendu compte qu'il n'y avait aucune autre mention que « pièce montée » concernant le dessert, et lorsque j'ai compris que Rosalie organisait une dégustation, je me suis dit qu'étant donné que ton choix n'était pas encore arrêté, je pouvais peut-être apporter ma petite touche personnelle. Je me suis rendue dans la pâtisserie d'une connaissance qui vit à deux heures d'ici et je lui ai demandé de me préparer quelques échantillons avec, dans le lot, des goûts qu'Ethan apprécie particulièrement. C'est une bonne idée, tu ne trouves pas ?

Me voilà complètement bouche bée.

– Euh… pardon ? réagit ma sœur.

– Oh, ne t'inquiète pas, je ne fais qu'élargir la palette d'options proposées à notre future mariée, tente Susan pour la rassurer.

Mais vu l'air contrarié de Rosie, ça n'a pas l'air de fonctionner.

– Zoe ? Une réaction ? me lance-t-elle.

– Je… mais… pourquoi ? je bredouille à l'attention de ma belle-mère.

– Chocolat-framboise, vanille-caramel, vanille-cassis, récite-t-elle, ce sont de bonnes combinaisons, mais un peu trop hivernales selon moi.

Ma surprise commençant à se dissiper, je réplique :

– C'est un mariage de Noël… qui se déroule en décembre !

– D'accord, mais je sais que mon fils est un fan absolu d'ananas et de fruit de la passion.

Le visage de Susan s'adoucit lorsqu'elle ajoute :

– Quand il était plus jeune, il arrivait qu'Ethan doive dîner seul le soir, comme j'étais prise au restaurant. Alors souvent, après le service, je rapportais une sélection de ses desserts préférés et on les dégustait tous les deux. C'était notre petit moment à nous… C'est pour ça que j'ai envie de participer au choix du gâteau de son mariage.

– *Notre* mariage, je rectifie.

– Bref, continue ma belle-mère comme si je n'étais pas intervenue, je suis certaine que Jared nous a confectionné de petites merveilles. Bon, on commence ?

Le regard que s'échangent mes parents me peine… parce que je vois à quel point ils ont envie d'intervenir, mais en même temps, ils n'ont pas envie de s'indigner à ma place.

– Zoe ? tente à nouveau ma sœur.

– Oh, allons, un peu de concurrence ne te fera pas de mal. Toi aussi, tu ne veux que le meilleur pour ce mariage, n'est-ce pas ?

– Susan… dis-je.

– Ne t'en fais pas, Rosalie, ajoute-t-elle, la fixant droit dans les yeux. Je suis certaine que ce sont tes créations qui remporteront la mise. Raison de plus pour laisser une place à mes propositions, non ? Je ne suis pas véritablement une menace pour toi.

Ma bouche s'entrouvre. Ma belle-mère a le don de lancer des piques en gardant un visage sympathique. Et même si elle n'est pas à Snowflakes Garden depuis longtemps, elle semble avoir déjà cerné la personnalité de compétitrice de ma sœur. Piquée au vif, celle-ci se redresse, la fusille des yeux puis lui répond en souriant froidement :

– Aucun problème, Susan.

– Parfait ! s'exclame l'intéressée. Que le spectacle commence.

Quand Rosie reporte son attention sur moi, je lui lance un regard d'excuse. Mettant sa contrariété de côté, elle reprend là où elle s'était arrêtée et dépose un petit entremets rond dans mon assiette. Méthodiquement, elle découpe deux parts qu'elle sert à mes parents et me laisse le reste.

– Première proposition, annonce-t-elle. Un biscuit moelleux au chocolat agrémenté d'une mousse de framboises fraîches et d'une gelée acidulée, de framboises elle aussi.

Alléchée par cette explication, je pique un morceau de gâteau et le porte à mes lèvres. Immédiatement, la douceur du chocolat et l'acidité des framboises explosent dans ma bouche.

– Intéressant, commente mon père. C'est d'abord le sucré du chocolat qui enrobe le palais, mais le peps de la framboise arrive juste derrière et réveille le tout.

Il déguste un second morceau avec plaisir, tandis que ma mère renchérit :

– Je suis d'accord, c'est une première proposition très intéressante.

– J'aime beaucoup, dis-je simplement.

– Voyons voir la dégustation suivante, poursuit Rosie.

Bien que je reste concentrée sur ma sœur, je perçois tout de même le mouvement impatient de Susan qui, sur ma droite, reste debout et silencieuse en attendant que son tour arrive.

– Biscuit moelleux à la vanille, mousse au caramel et insert de caramel beurre salé, décrit ma sœur. Je me suis permis d'ajouter des noisettes concassées caramélisées pour apporter un peu de croquant.

Cet échantillon est totalement différent. Les saveurs sont sucrées, gourmandes, réconfortantes. C'est totalement le genre de gâteau qu'on a envie de manger au coin du feu, bien au chaud. Le genre de gâteau qui se marie parfaitement avec la saison.

– J'adore ! je m'exclame, enthousiaste.

– Je suis d'accord avec Zoe, m'appuie ma mère. Celui-ci est incroyable.

– Pour l'instant, chez moi, la framboise l'emporte, nuance mon père.

– Passons au dernier, enchaîne Rosie. Biscuit vanille surmonté d'une fine couche de gelée au cassis, mousse vanille, et au centre, compotée de cassis.

Bien que les goûts soient différents, cette dégustation me fait le même effet que la première. Le sucré et l'acide se mélangent en s'équilibrant parfaitement.

– Bon, dis-je après avoir repoussé mon assiette devant moi. Le choix ne va pas être simple. Tu as fait du très bon travail, Rosie. Vraiment, chacun de tes trois gâteaux est délicieux. D'ailleurs, tu devrais les proposer dans ta pâtisserie, ils feraient un malheur.

– Je vais y penser. Alors ? Lequel retiens-tu ?

Je réfléchis un instant. Mes parents restent silencieux : bien qu'ils aient participé à la dégustation – sûrement par pure gourmandise –, ils se gardent bien de m'influencer. De toute façon, une préférence s'impose à moi clairement.

– Va pour le combo vanille, caramel beurre salé et noisettes caramélisées. Un pur délice, Rosie.

Ravie, ma sœur s'auto-applaudit et, m'esclaffant, je l'imite.

– Bien, à mon tour, déclare ma belle-mère.

Ne voulant pas mettre Rosalie mal à l'aise, je tente de trouver une parade.

– Oh, vous savez, Susan, j'ai l'estomac plein à craquer. Je ne crois pas être en mesure d'avaler quoi que ce soit d'autre là, tout de suite.

Elle me fixe un instant puis, lèvres pincées, lâche :

– Je vois... Tu sais, ma petite Zoe, tu m'as proposé de venir ici pour t'aider dans tes préparatifs, mais j'ai l'impression que ma présence te contrarie plus qu'autre chose. Je ne veux pas être un fardeau pour toi. Si c'est le cas, autant que je rentre à San Francisco jusqu'au mariage.

Elle a l'air si peinée à cet instant que j'en éprouve du remords.

– Bien sûr que je suis heureuse que vous soyez là, Susan, j'affirme. Allez-y, commencez votre dégustation.

Une lueur de bonheur lui éclaire le visage et elle s'empare de ses boîtes à gâteaux. Derrière elle, Rosalie lève les yeux au ciel en mimant un haut-le-cœur. Je lui fais les gros yeux tout en restant le plus concentrée possible.

Ma belle-mère dépose trois propositions différentes devant moi, et ce que je craignais malheureusement se confirme : elle n'a aucunement pris en compte les combinaisons sur lesquelles Ethan et moi nous étions mis d'accord au départ. Le premier échantillon se compose d'un biscuit à la vanille de Tahiti, de fruit de la passion décliné en trois textures, et d'une mousse au rhum. C'est très bon, vraiment, mais aucunement adapté au thème du mariage. L'entremets abricot et poire me laisse perplexe, et quand vient le tour de celui à l'ananas, je suis incapable de l'apprécier à sa juste valeur parce que j'ai le cœur au bord des lèvres après avoir dégusté six gâteaux aux saveurs différentes.

Quand arrive le moment de donner mon avis, je choisis mes mots avec soin.

– Je dois dire que votre ami a fait du bon travail, je débute.

– N'est-ce pas ? commente ma belle-mère, souriante.

– Seulement… toutes ces saveurs sont très estivales, je poursuis. Pour un autre événement, je suis sûre qu'elles seraient parfaites, mais en ce qui concerne notre mariage, ce ne sont pas les options adéquates.

– Pas les options adéquates ? répète Susan.

– Malheureusement, non. Je vous rappelle que le thème, c'est…

– Noël, oui, je sais, complète-t-elle, agacée. Comment pourrais-je l'oublier ?

– Donc, vous comprenez que je vais rester sur mon premier choix.

Elle soutient un instant mon regard, avant de se mettre à remballer ses gâteaux.

– Je crois que ça aurait fait plaisir à Ethan de retrouver des goûts qu'il apprécie particulièrement… marmonne-t-elle.

– Il m'a donné son feu vert pour que je prenne la décision finale il y a tout juste trente minutes ! je gronde, agacée à mon tour.

Sous la table, ma mère pose sa main sur ma jambe dans une tentative d'apaisement.

– J'ai compris, Zoe, c'est *ton* mariage, fait Susan avant de s'éloigner en direction de la cuisine.

Perdant patience, je me force à garder le contrôle de mes émotions et à ne pas chercher la confrontation, même s'il me devient de plus en plus difficile de rester calme.

– Bon, c'est pas le tout, mais j'ai du travail qui m'attend, claironne mon père, dans l'intention évidente de dissiper les tensions.

– Du travail ? s'étonne Rosalie. Tu n'es pas censé être à la retraite ?

– Il faut bien que je reste actif ! J'ai proposé à Morrison de lui donner un coup de main à l'exploitation. Comme on est en pleine saison, il n'a pas pu refuser.

Joyeusement, il s'éloigne en direction de l'étage pour se changer tandis que ma mère annonce :

– Moi aussi, je suis attendue. Avec Hortense, on a prévu d'aller faire quelques emplettes pour l'arrivée du bébé de Gloria et William. Elle est aux anges à l'idée de devenir grand-mère, tu n'as même pas idée.

Elle quitte la pièce de vie à son tour, si bien que je me retrouve face à Rosalie qui remballe ses affaires en silence. Susan, elle, est encore occupée à jeter ses parts de gâteau entamées.

– Bonne chance, murmure ma sœur en passant près de moi, avant de déposer un baiser sur ma joue et de quitter la maison.

Poussant un profond soupir, je me lève et rejoins ma belle-mère dans la cuisine.

– Écoutez, Susan, je ne voulais pas paraître grossière, je commence. C'est juste que ce que vous avez proposé ne correspond pas…

– À ta vision, j'ai saisi, termine-t-elle.

– À *notre* vision, à Ethan et moi, je rectifie. Je sais que vous vous êtes mis en tête que je contrôle tout, mais c'est faux !

Susan soupire, puis elle plante son regard dans le mien.

– Très bien. Si tu dis que mon fils est d'accord avec tes choix, je te crois.

Bon, c'est déjà ça.

– Au fait, puisqu'on parle du menu, enchaîne-t-elle, j'ai remarqué qu'il n'y avait rien de prévu pour les régimes spéciaux. Or, mon oncle et ma tante sont allergiques au gluten.

– Pardon ? J'ai pourtant spécifiquement demandé de notifier tout restriction alimentaire particulière sur le carton réponse de l'invitation.

– Bon, ils n'y sont pas vraiment allergiques, mais ils sont âgés, et comme ils avaient de plus en plus de soucis de santé, ils ont décidé de tester le régime sans gluten et ça leur réussit bien jusqu'à maintenant. Cela ne fait que quelques semaines, mais c'est très important pour eux.

Ma belle-mère croise les bras sur sa poitrine avant de poursuivre :

– J'espère que tu ne m'en voudras pas, mais j'ai pris l'initiative de contacter ton traiteur, et je lui ai demandé de confectionner un second menu, gluten-free celui-là… Je lui en ai commandé plusieurs. On ne sait jamais, si quelqu'un souhaite une alternative à ce qui sera proposé.

– Vous… Attendez, que je comprenne bien : *vous* avez appelé *mon* traiteur pour lui demander de changer les plans qu'Ethan et moi avons établis et validés depuis des mois ? je m'étrangle.

– Ne t'inquiète pas, je prendrai les frais supplémentaires à ma charge.

– Non mais Susan, ce n'est pas le sujet…

Je me passe les mains sur le visage. Qu'elle suggère ses propres options pour la dégustation de ce matin, passe encore : après tout, c'est vrai que mon choix n'était pas encore arrêté. Mais ça ? Ne voit-elle pas qu'elle dépasse les bornes ?

Bon sang, c'est quoi son problème ?

– Vous ne pouvez pas vous permettre ce genre de choses sans m'avoir demandé mon avis avant, je tranche.

– Zoe…

– Non ! j'insiste. Je ne sais pas si c'est l'absence d'Ethan qui vous donne l'impression que vous pouvez agir de cette manière, mais je refuse que vous preniez ce genre d'initiatives.

Ma belle-mère me regarde comme si ma réaction était disproportionnée. Alors que j'espère qu'elle va reconnaître son erreur, elle contourne le plan de travail de la cuisine et se plante devant moi, en colère.

– Je suis ici pour représenter mon fils pendant qu'il est retenu ailleurs par ses obligations professionnelles et pour m'assurer que tu ne t'accapares pas ce qui devra être le plus beau jour de votre vie à tous les deux. Et tu veux savoir ce que je pense vraiment, Zoe ? Que la seule chose qui t'intéresse, c'est d'avoir le contrôle sur tout.

– Quoi ? je m'écrie, estomaquée.

– Tu m'as très bien entendue. Depuis que je suis arrivée ici, je me rends compte que ce mariage ne représente que toi, et tu ne peux pas imaginer à quel point cela m'attriste. Mon fils déteste Noël. Il déteste l'hiver, le froid, il déteste les petites villes qui ressemblent à la tienne et il déteste par-dessus tout cet étalage de bons sentiments dont tout le monde se force à faire preuve. Je connais Ethan par cœur ; je ne sais pas comment tu as réussi à le convaincre de renier tout ce en quoi il croyait, mais tant que je serai là, je ferai en sorte que tu ne puisses pas piétiner celui qu'il est réellement, même s'il n'est pas présent. Crois-moi, quand il arrivera, il sera heureux de voir que quelqu'un s'est battu pour lui.

Bouillonnante de colère, Susan sort de la cuisine, attrape furieusement ses bottes et son manteau dans l'entrée et quitte la maison, me laissant plantée là, ébahie.

Nom d'une pièce montée, mais que vient-il de se passer ?

CHAPITRE 15

ZOE

Rockin' Around the Christmas Tree
Brenda Lee

– Bien sûr, Julia… Oui, ne t'en fais pas, je t'enverrai des photos de la chapelle dès qu'elle sera installée. Tout se passe bien à New York ? Parfait. On se reparle bientôt. Appelle-moi s'il y a le moindre problème.

Je raccroche, range mon téléphone dans la poche de mon manteau puis appuie sur la sonnette. Quelques secondes passent, des bruits de pas précipités résonnent et, enfin, la porte s'ouvre.

– Tante Zoe !

Je me baisse et enlace ma nièce avant de déposer de petits baisers sur sa tête. Derrière elle apparaît ma sœur, qui me sourit tristement.

– Allez, viens, me dit-elle.

Mon sac de voyage sur l'épaule, j'entre dans sa maison.

– Je suis trop contente que tu viennes dormir chez nous ! pépie Lily, aux anges. On va pouvoir se faire une soirée pyjama entre filles !

– Oh là, doucement, petit lutin, la tempère Rosalie. Je te rappelle que demain, tu as école…

– Mais maman… et si demain j'avais tout à coup très mal au ventre ? Ou que je m'enrhumais pendant la nuit ?

– Lily Reynolds, je jure qu'un jour tu vas me rendre dingue… Va donc ranger le manteau de ta tante dans le placard au lieu de raconter des bêtises.

Dès que ma nièce s'est éloignée, ma sœur me glisse :

– Alors comme ça, tu désertes la maison familiale ?

– Franchement, ce n'est pas de gaîté de cœur, je réponds. Ça a bien peiné maman et papa lorsque je leur ai dit que j'allais passer la nuit chez toi, mais après la discussion que Susan et moi avons eue ce matin, j'avais besoin de m'éloigner un peu d'elle. Depuis, nous n'avons fait que nous ignorer… Je ne supporte pas ce genre d'ambiance, encore moins à Noël. Il faut que je souffle, au moins pour la soirée.

– Tu sais que tu es la bienvenue chez moi et que tu peux rester aussi longtemps que tu veux… Ah oui, et tu sais aussi que, s'il le faut, je peux aller lui régler son compte, à la reine des Scrooge.

– Ça ira.

Je grimpe à l'étage, dépose mes affaires dans la chambre d'amis puis me laisse tomber un instant sur le lit. J'ai ressassé toute la journée, me demandant si je dois mettre Ethan au courant de ce qui s'est passé avec sa mère, mais je n'ai pas réussi à me décider. Comment expliquer à mon futur mari que le seul parent qui lui reste me sort par les yeux ? Au fond de moi, je crois que j'ai l'espoir que la rancune de ma belle-mère envers moi ne soit que la manifestation de son stress à l'approche du mariage.

Tu te voiles la face, ma pauvre. Son problème, c'est toi...

– Tante Zoe !

Ces deux mots me feront toujours sourire, quoi qu'il arrive. Désireuse de laisser de côté la négativité, je redescends au rez-de-chaussée, où ma sœur et sa fille m'attendent avec impatience.

– On va préparer le dîner ensemble, ce soir, annonce Lily, sautillant sur place.

– C'est une super idée, ça, Lily jolie.

– Je me suis dit qu'on pourrait…

– ON VA FAIRE DES BURGERS ! s'écrie ma nièce, au comble de l'excitation, avant que Rosie ait pu terminer sa phrase.

– Voilà, on va faire ça, confirme ma sœur.

– Avec plaisir. Je vous suis, les filles.

Nous pénétrons toutes les trois dans la grande cuisine de Rosalie. En pleine journée, la luminosité qu'il y a ici est exceptionnelle. Et dire qu'il y a trois ans cette maison était presque en ruine… L'histoire aurait pu être tragique : une bouilloire oubliée, un incendie qui démarre, une maison qui prend feu et juste le temps pour ma sœur et Lily de s'extirper des flammes… Puis l'impression d'avoir tout perdu et de devoir tout recommencer. Les démarches administratives, les discussions avec les assurances et leur refus, catégorique, de prendre en charge les rénovations. Ma sœur a bien cru ne jamais pouvoir retourner dans le foyer qu'elle affectionne tant, celui dans lequel Lily a toujours vécu. Mais la solidarité de nombreux habitants de Snowflakes Garden a permis de retaper la bâtisse et d'offrir à Rosalie et à ma nièce la possibilité de retrouver leur cocon.

Venir ici fait naître chaque fois la même pointe d'émotion chez moi. Je me sens bien dans cette maison ; il faut dire que les décorations que ma sœur y a installées lui donnent beaucoup de chaleur. On y ressent toute la magie de Noël. L'une des choses que je préfère, c'est le corps de cheminée entouré de guirlandes lumineuses. Les deux chaussettes suspendues au-dessus de l'âtre portent les inscriptions « Lily » pour l'une et « Maman » pour l'autre.

Une fois que nous sommes toutes les trois en cuisine, Rosalie dépose sur le plan de travail tous les ingrédients dont nous avons besoin pour confectionner notre repas. Ma nièce réclame rapidement d'être la cheffe du poste « montage des burgers », ce qui lui est accordé. Tout en cuisinant, elle nous raconte les derniers potins concernant l'école élémentaire de Snowflakes Garden.

– … et Matilda a décidé qu'elle n'est plus amoureuse de Liam parce qu'elle le trouve bête, finalement.

– C'est un mec, quoi, ronchonne ma sœur.

– Et toi, Lily ? je demande en surveillant les oignons qui sont en train de caraméliser tranquillement. Tu as un amoureux en ce moment ?

– Oui, il s'appelle Arthur. On est assis à côté en classe et il m'a demandé si je pouvais lui prêter un crayon de papier au début de l'année. Depuis, c'est mon amoureux.

Je jette un coup d'œil en biais à Rosalie, qui sourit discrètement.

– Et… cet Arthur, il est au courant qu'il est ton amoureux ?

– Évidemment, tante Zoe. Je ne suis pas une psychopraticienne.

– Une psy… quoi ?

– Une psychopraticienne, articule Lily. C'est mon mot du jour et c'est moi qui l'ai inventé. C'est un mélange entre psychopathe et praticienne. En gros, ça veut dire que je ne pratique pas le psychopathisme… Je ne suis pas une psychopraticienne, quoi.

Je dévisage ma nièce, bouche bée, tandis qu'elle s'occupe de déposer minutieusement le pain des burgers sur une plaque.

– Oh, j'y pense, ajoute-t-elle. Je dois réciter une poésie demain, je vais aller chercher mon cahier et m'entraîner devant vous.

Dès qu'elle a disparu, je me tourne vers ma sœur.

– Psychopraticienne ? je répète.

L'air abattu, Rosalie sort deux verres du placard ainsi qu'une bouteille de vin du frigo.

– Elle invente des mots, maintenant ? j'insiste.

– J'ai depuis longtemps accepté le fait que c'est son monde et que nous n'en sommes que des spectateurs. Cette enfant dirigera le pays un jour et on sera tous à sa botte.

Nous nous esclaffons avant de trinquer.

– « Je ne pratique pas le psychopathisme »… je souffle, reprenant les mots de ma nièce, tout en secouant la tête.

– Je ne sais pas de qui elle a hérité son cerveau mais une chose est sûre, elle ne le tient pas de son père.

– Ça, c'est bien vrai, j'approuve.

Remy, photographe de profession, a toujours accordé bien plus d'attention à sa carrière, ses voyages et ses clichés qu'à tout le reste. Rosie est tombée enceinte par surprise, et même s'il lui avait affirmé le contraire, il se trouve que le géniteur de ma nièce n'était pas prêt à devenir père. Ma sœur et lui se sont séparés peu de temps après la naissance de leur enfant, et depuis, il parcourt le monde, s'enquérant du bien-être de sa fille quand il a le temps… ou quand il y pense.

Je suis triste de me dire que Lily ne voit son père que par écrans interposés et qu'elle n'a aucun lien profond avec cet homme… mais la résilience de cette petite est extraordinaire.

– En parlant de mecs… t’as quelqu’un dans ta vie en ce moment ? je demande.

Rosalie secoue la tête.

– Vraiment ? Personne en vue ?

– Non, Zoe, personne. Il semblerait que l’univers ait décrété que je finirai ma vie seule.

– N’exagère pas !

– C’est sûr que c’est quelque chose qui te passe au-dessus de la tête, à toi, madame la future mariée. Mais il y a des gens sur cette planète qui, malheureusement, ne trouvent jamais leur âme sœur. Et je crois bien que ce sera mon cas.

Elle a beau le dire sur un ton désinvolte, je perçois la peine dans la voix de ma sœur. Évidemment, je ne suis pas d’accord avec elle. Je crois sincèrement que chaque être humain a, sur cette planète, quelqu’un qui est fait pour lui. Le mythe de l’âme sœur n’en est pas un pour moi et malgré ce qu’elle assure, à une époque, c’était aussi le cas de Rosie… parce qu’elle avait dans sa vie celui qu’elle considérait comme sa fin heureuse.

– Tu oublies Romeo, je souffle.

Je reporte immédiatement mon attention sur les oignons, faisant mine d’être absorbée par leur contemplation, parce que je sais que je viens de prononcer *le* prénom qui va me causer des ennuis. D’ailleurs, Rosalie s’emporte immédiatement.

– L’avenir m’a prouvé que je me trompais sur son compte. Je n’arrive pas à croire que tu oses mettre ce démon sur le tapis alors que tu sais que je ne veux plus jamais entendre parler de lui.

– C'était ton premier amour… Tu le considérais comme ton âme sœur, lui.

– J'étais naïve, Zoe. Écoute, ça fait quinze ans que je n'ai plus de nouvelles de lui, et très franchement, je m'en porte bien.

La voyant peinée, je passe un bras autour de ses épaules pour l'attirer contre moi.

– Ne t'inquiète pas, Rosie, je suis certaine que quelqu'un t'attend quelque part. Et dès qu'il te verra, il tombera amoureux de toi *et* de ta fille. Parce que, soyons honnête, il n'y a que ceux qui pratiquent le psychopathisme qui n'aiment pas cette enfant.

Ma sœur s'esclaffe et je l'imite. C'est le moment que choisit Lily jolie pour venir nous réciter sa poésie sur le thème de Noël. Sans surprise, son intonation est parfaite. Après cela, nous dressons les burgers dans nos assiettes et nous nous dirigeons vers le salon. Rosalie a disposé de gros oreillers au sol pour nous garantir plus de confort que sur le tapis et nous décidons de lancer *Maman, j'ai encore raté l'avion* – un classique des fêtes de fin d'année chez les Reynolds. Au moment où Kevin se retrouve livré à lui-même en plein New York, *Rockin' Around The Christmas Tree* débute. Cette chanson étant l'une des préférées de Lily, elle ne peut s'empêcher de commencer à remuer des épaules. Taquines, ma sœur et moi l'imitons, ce qui la fait rire.

Soudain, Rosie s'empare de la télécommande et repart en arrière. La musique reprend depuis le début et, comme si nous nous étions concertées, nous nous levons d'un bond toutes les trois et nous mettons à danser au milieu du salon tout en chantant en chœur.

– *Rockin' around the Christmas tree, at the Christmas party hop, mistletoe hung where you can see, every couple tries to stop !*

Lily passe des bras de sa mère aux miens, tournoyant et s'époumonant en rythme. Dès que la chanson s'arrête, nous revenons en arrière et recommençons.

Au bout d'un moment, je m'éloigne un peu et m'empare de mon téléphone pour prendre discrètement Rosalie et sa fille en photo. Les voir me redonne le sourire. Parce que c'est ça, l'esprit de Noël : la joie d'être avec ceux qu'on aime. Le bonheur de passer du temps en famille et d'en profiter ensemble. Rire, trop manger, danser et se prendre dans les bras.

En bref, ce genre de scènes, c'est la raison pour laquelle Noël est ma période préférée.

CHAPITRE 16

ZOE

Santa Tell Me
Ariana Grande

Les trois jours suivants, Susan et moi ne nous adressons toujours pas la parole, ce qui, en plus de créer une mauvaise ambiance, est d'un ridicule consommé. Ma conscience me pousse à faire un pas vers ma belle-mère, mais ma fierté ne cesse de me répéter que j'ai agi comme il le fallait et qu'elle n'aurait pas dû se mêler de l'organisation de mon mariage de cette façon, que cela lui plaise ou non. De son côté, elle passe ses journées au téléphone à gérer l'avancée de l'implantation de son nouveau restaurant. Elle est cordiale avec mes parents – c'est la moindre des choses –, mais au-delà de ça, nous ne passons pas beaucoup de temps ensemble.

Heureusement, Ethan quitte Denver aujourd'hui. Je ne lui en veux pas d'avoir prolongé son séjour autant de temps que nécessaire pour recouper les sources après son interview avec Wendy Crane. *Plus*, en tout cas. Je sais que mon futur mari se démène pour faire au mieux et je refuse de faire peser sur lui le poids de la culpabilité.

Aujourd'hui, j'œuvre seule… et ça fait un bien fou. En début d'après-midi, Julia m'a notifié qu'une partie des décorations du mariage avaient été livrées à la demeure des Snowflakes, et je m'y suis immédiatement rendue pour m'assurer que tout était arrivé en un seul morceau et, surtout, qu'il ne manquait rien. Me voilà sur place, face aux cartons fraîchement entassés dans une remise de l'hôtel. Au moment où j'ouvre le premier d'entre eux, l'émotion me parcourt. Ces décorations sont uniques : je les ai dessinées moi-même peu de temps après la demande en mariage d'Ethan. J'ai fait en sorte d'intégrer toutes les choses qui nous caractérisent. En hommage au métier de mon fiancé, j'ai prévu des ornements en forme d'appareil photo qui ont été recouverts de paillettes dorées, mais aussi des répliques de journaux miniatures, de crayons, de roulés à la cannelle et bien d'autres choses encore.

Dans une seconde boîte se trouvent des centaines de boules en cristal extrêmement fragiles, dans lesquelles ont été intégrées des photos d'Ethan et moi ; elles seront disposées sur les nombreux sapins qui trôneront dans la salle de réception.

Les quatre autres cartons sont remplis de guirlandes lumineuses, et il y a en a encore beaucoup qui sont en route. Malgré les déconvenues de ces derniers jours, j'arrive à voir à quoi ressemblera l'ensemble une fois que tout sera installé : un cocon d'amour, de lumière et de magie noëlesque.

Imaginer cela atténue mon stress et fait naître en moi impatience et excitation. Il faut dire que quelques jours seulement nous séparent du moment tant attendu.

Juste quelques jours avant de m'unir pour la vie.

Mon cœur rate un battement et je sens des fourmillements me parcourir la poitrine et le bout des doigts.

Au moment où je m'apprête à quitter la remise après avoir rangé les cartons, mon téléphone s'anime. Le numéro qui s'affiche m'est inconnu, mais je décide tout de même de décrocher.

– Zoe Reynolds ? s'élève une voix masculine.

– Elle-même.

– Bonjour, je suis Carl Diaz et je travaille pour le cabinet du maire de New York.

Je fronce les sourcils.

– Euh… d'accord ? Comment avez-vous eu mon numéro personnel ?

– J'ai contacté votre agence et l'une de vos collaboratrices me l'a communiqué. J'espère que cela ne vous dérange pas.

– Si elle l'a fait, c'est que ça devait être important. Qu'est-ce que je peux faire pour vous, monsieur Diaz ?

– Eh bien, récemment, monsieur le maire a assisté à un dîner au Peninsula, et il a été conquis par le travail que vous avez accompli dans la salle de réception de l'hôtel.

– Oh, merci beaucoup ! je réagis, positivement surprise par ce compliment.

– Comme vous vous en doutez, c'est un homme très pris, mais il m'a demandé de vous contacter pour vous proposer la responsabilité de la décoration du sapin du Rockefeller Center l'année prochaine.

Les mots de Carl semblent quitter le combiné pour résonner dans la pièce. Je suis si choquée que les mots me manquent.

– Madame Reynolds ? reprend mon interlocuteur.

– Oui ?

– Est-ce que c'est un projet qui pourrait vous intéresser ?

Je plaque une main sur ma bouche pour étouffer le cri d'excitation qui veut s'en échapper. Puis j'inspire profondément et réponds de ma voix la plus professionnelle possible :

– Bien sûr, je serais ravie de participer à cet événement si important pour notre belle ville.

– Fantastique. Notre cabinet vous recontactera après Noël pour convenir d'un rendez-vous.

– Très bien, j'attends de vos nouvelles. Passez de bonnes fêtes.

Je raccroche et me mets à bondir de joie dans la remise.

Bon sang ! Je n'en reviens pas.

Moi, chargée de la décoration du sapin du Rockefeller Center ?

Je me souviens du jour où Ethan m'a fait sa demande à cet endroit, il y a un an… À ce moment-là, je m'étais dit qu'être retenue pour mener à bien une telle mission serait un véritable accomplissement. Et voilà qu'au moment où je m'y attendais le moins, on me le propose sur un plateau !

Après m'être reprise, je m'empresse de me remettre en marche. Je n'ai qu'une idée en tête, appeler Ethan pour lui annoncer la bonne nouvelle puis courir la partager avec ma famille. Cependant, en arrivant dans le couloir qui mène au hall de l'hôtel, j'entends une voix reconnaissable entre mille.

– Qu'est-ce que tu dis ?

Je pivote et découvre monsieur Oliver accoudé au bar en compagnie de William, son petit-fils. Ne voulant pas louper l'occasion de les saluer, je m'approche d'eux.

– Zoe ! réagit William en m'apercevant.

– Salut.

Souriant, il me donne une accolade.

– Oh, Zoe ! s'écrie à son tour monsieur Oliver.

– Comment allez-vous ? je lui demande en me plaçant face à lui pour qu'il puisse lire sur mes lèvres, histoire de m'éviter de devoir hurler mes paroles.

– Bien, répond-il avec un large sourire. C'est l'heure de s'octroyer une petite gourmandise.

Je hausse les sourcils.

– En période de fêtes, le chef pâtissier de l'hôtel propose chaque après-midi une nouveauté à déguster, m'explique William. Ça peut être un gâteau, une viennoiserie ou parfois une boisson chaude.

– C'est toujours délicieux ! s'exclame monsieur Oliver.

– Comme tu le vois, commente son petit-fils, il adore venir ici, et aujourd'hui, j'ai décidé de l'accompagner.

– C'est gentil de ta part.

C'est l'une des choses que j'ai toujours admirées chez Will : sa dévotion pour son grand-père. Il se passe rarement plus de deux jours entre chacune de ses visites. La santé de monsieur Oliver étant de plus en plus fragile, mon ami entend bien profiter de chaque instant. En me mettant à sa place, j'imagine comme il doit être difficile de savoir que chaque année de plus passée à ses côtés est aussi une année de moins et que la fin du chemin se rapproche… Cela dit, Rosalie et moi avons perdu nos grands-parents quand nous étions adolescentes – malheureusement beaucoup trop tôt. Quelque part, j'envie ceux qui ont encore la chance de pouvoir profiter de leur présence.

– Ah, enfin ! claironne monsieur Oliver lorsqu'une jeune serveuse sort des cuisines avec entre les mains une pâtisserie alléchante.

Elle la lui dépose sur le comptoir, et sans attendre, le vieil homme attaque sa part. Secouant la tête,

William prend place sur un tabouret de bar et je l'imite.

– Tu as le temps de boire un café ? s'enquiert-il.

– Un café ? je répète, faisant mine d'être choquée. Je crois que tu as mal prononcé « chocolat chaud avec supplément chantilly et vermicelles colorés ».

– Exact, j'avais oublié.

Après avoir passé commande et s'être assuré que son grand-père ne manque de rien, William me questionne :

– Alors ? Le grand jour approche. Tu es prête ?

– Il reste encore pas mal de choses à organiser, mais sinon… oui, je suis prête.

– Ça me fait plaisir de te voir heureuse. Au fait, je n'ai pas encore croisé ton futur mari. Il se cache ?

– Non, il est à Denver pour le travail. Il sera là ce soir.

Enfin…

La serveuse nous apporte nos boissons chaudes : un café noir pour William, et pour moi, un chocolat chaud dans un mug si grand que je sais d'avance que je ne pourrai jamais le terminer.

– Et toi ? j'enchaîne après avoir pris une gorgée du nectar sucré. Est-ce que tu es prêt pour la grande aventure qui t'attend ?

William inspire profondément et m'avoue :

– Je suis terrifié. Devenir père c'est… quelque chose d'incroyable, mais aussi l'équivalent d'un saut dans le vide. Mon fils est encore dans le ventre de sa mère et je me demande déjà si je serai capable de lui offrir une bonne éducation, de subvenir à tous ses besoins, de…

– Attends une minute… Ton fils ?

Le visage de William se fige tandis que le mien s'éclaire.

– Oh bon sang, Gloria va me tuer, elle m'a fait jurer de garder la surprise jusqu'à la naissance du petit, panique-t-il. S'il te plaît, Zoe, ne dis rien à personne…

– Hé, du calme. Évidemment que je vais garder l'information pour moi.

Je pose ensuite une main sur l'avant-bras de mon ami et lui demande :

– Tu es sûr que ça va ?

Il porte sa tasse de café à ses lèvres, jette un œil à monsieur Oliver qui, sa pâtisserie terminée, est désormais obnubilé par la télé sur le mur d'en face. Enfin, il soupire :

– Excuse-moi pour ma réaction. Tu as raison, je suis un peu à cran et ce n'est pas à cause de l'arrivée prochaine du bébé, enfin, pas seulement. En fait…

Il s'assure de nouveau que son grand-père ne nous écoute pas avant de me le désigner d'un signe de tête en me confiant :

– Son cœur a commencé à faire des siennes il y a quelques années. Nous ne nous sommes pas inquiétés plus que ça au départ, parce qu'il est résistant… mais à la fin de l'été, son médecin lui a fait passer plusieurs examens et les résultats ne sont pas très bons. Il a une insuffisance cardiaque sévère.

– Oh non… Est-ce qu'il est au courant ?

– Oui, et tu sais ce qu'il a répondu quand on le lui a annoncé ? « Et alors ? »

William s'esclaffe tristement.

– Depuis le décès de ma grand-mère, il n'est plus le même, reprend-il. Il ne se battra pas, nous en avons parfaitement conscience… Il va juste laisser la maladie s'aggraver. Et le pire dans tout ça, c'est que je le comprends.

– Je suis vraiment désolée, William.

– Moi aussi. Tout ce que je veux, c'est qu'il puisse connaître mon fils. Les médecins nous ont dit qu'il en avait encore pour un an, peut-être un peu plus, mais qu'ils ne pouvaient pas nous donner de délai exact.

Je me lève et prends mon ami dans mes bras en rivant mon regard sur monsieur Oliver. Cet homme qui est le voisin de mes parents depuis qu'ils se sont installés à Snowflakes Garden, cet homme qui a toujours été adorable avec nous, cet homme que j'ai connu ma vie entière… C'est difficile d'imaginer que, bientôt, je ne le verrai plus chaque début du mois de décembre accrocher un énorme nœud rouge à sa porte d'entrée.

– N'hésite pas si tu as besoin de quoi que ce soit, j'assure à William.

– Merci, Zoe.

– Encore ? Mais le climat est vraiment devenu fou ! s'écrie soudain son grand-père.

Nous nous tournons vers lui pour comprendre ce qui le fait râler, et je remarque alors que la chaîne de télévision diffuse les informations et qu'il est question de la ville de Denver.

– Des chutes de neige record se sont abattues dans le Colorado ces dernières heures. En l'espace d'un après-midi, ce sont plus de cinquante centimètres de poudreuse qui sont tombés, et malheureusement, les conditions météorologiques ne vont pas s'améliorer dans l'immédiat. La moitié des villes de l'État, incluant Denver, sont en alerte jusqu'à demain. Les autorités demandent à la population de rester à l'abri, et nous venons d'apprendre à l'instant que tous les aéroports ont annulé les vols prévus jusqu'à ce que la situation se rétablisse.

Bouche bée, je fixe la télévision sans parvenir à y croire.

Ethan va être coincé au Colorado à cause d'une tempête de neige ?

– C'est une putain de plaisanterie ! j'explose.

CHAPITRE 17

ETHAN

Christmas (Baby Please Come Home)
Michael Bublé

Je suis exténué.

Cette journée, comme celles qui l'ont précédée, a été un véritable cauchemar. Je n'ai pas arrêté de courir après des gens qui m'étaient inconnus, de repousser mon départ et de me languir de ma Zoe. Après tant de reports, je croyais que les choses allaient enfin se passer comme prévu, pour une fois… et puis il y a eu cette tempête de neige.

J'étais en train de quitter mon hôtel lorsque le chauffeur de taxi m'a exposé la situation. Je crois qu'au moment où j'ai compris que j'allais devoir une fois de plus dire à ma future épouse « Je suis désolé, mais… » – une phrase que j'ai beaucoup trop répétée à mon goût ces derniers temps –, j'ai tout bonnement pété les plombs. Malgré ses mises en garde, j'ai ordonné au conducteur de m'emmener à l'aéroport. Les routes étaient glissantes et recouvertes d'une pellicule de neige, mais j'étais déterminé à me rendre à destination coûte que coûte.

Il semblerait que dans mon malheur une petite lueur de chance m'ait finalement trouvé. Parce que j'ai réussi à m'imposer dans le tout dernier vol qui a été autorisé à décoller. Il m'a fallu quatre heures d'avion et trois de plus en voiture pour enfin arriver à la maison… là où se trouve ma Zoe. Mais m'y voilà enfin. Cela fait plusieurs minutes que je me tiens devant le pavillon décoré des Reynolds, à Snowflakes Garden.

Je n'aurais jamais cru que cette ville m'aurait un jour tant manqué.

Ici, la neige ne me dérange pas, ni le froid, ni les flocons toujours plus nombreux qui me tombent sur le visage. Non, ici, je les apprécie. Et je crois que la raison première à cela, c'est parce que c'est l'environnement dans lequel la femme que j'aime a grandi.

Impatient de retrouver Zoe, je remonte l'allée en direction du porche. Mes pas crissent dans la poudreuse fraîche tandis que j'approche de la maison. À travers la fenêtre, je distingue une toute petite lumière encore allumée dans le salon. Le plus doucement possible, je cogne quelques coups contre la porte d'entrée. Une dizaine de secondes plus tard, le battant s'entrouvre. Nicole Reynolds, un long peignoir enroulé autour d'elle, lève la tête dans ma direction… et le sourire ravi qui apparaît sur son visage quand elle me reconnaît me réchauffe le cœur.

C'est bien ce que je disais : ici, j'ai l'impression d'être à la maison.

– Oh, Ethan ! s'exclame ma future belle-mère, à voix basse toutefois, pour ne pas réveiller toute la maisonnée.

– Bonsoir, Nicole.

Sans plus attendre, elle m'attrape par la main et m'attire à l'intérieur. La douceur de la température qui règne dans la maison me frappe au visage instantanément.

– Je suis si heureuse de te voir, enchaîne-t-elle. Nous étions tellement inquiets de ne pas avoir de tes nouvelles… Zoe s'est fait un sang d'encre.

– Je suis désolé. J'étais tellement obnubilé par l'idée de trouver un moyen de rentrer que je n'ai pas pensé à vous contacter. Ensuite, j'étais dans l'avion, puis j'ai pris la route et…

– Ce n'est rien, tu n'as pas à te justifier. Tout ce qui compte, c'est que tu sois là maintenant et que tout aille pour le mieux.

Nicole pose ses mains douces et tièdes sur mes joues et plonge sur moi un regard maternel.

– Bon retour à la maison, mon grand, me dit-elle.

Incapable de résister, je la prends dans mes bras et la serre contre moi. Je lui serai toujours reconnaissant, ainsi qu'à son mari, de m'avoir accueilli dans leur famille avec autant d'amour.

– Oh, mais regarde-moi… souffle-t-elle. Je t'accapare alors que tu dois être exténué et que tu ne dois avoir qu'une hâte, te reposer.

– Je ne vous contredirai pas là-dessus.

– Donne-moi tes affaires et monte vite te coucher. Je n'ai pas besoin de te guider, tu connais les lieux.

Je souris, retire mon écharpe et mon manteau, puis je range mes chaussures dans l'entrée avant de m'empresser de grimper l'escalier.

Lorsque j'abaisse la poignée de porte de la chambre de Zoe, mon cœur s'emballe. Je pénètre dans la pièce, et aussitôt, je suis enveloppé par son odeur, son doux parfum qui plane dans le silence. Couchée sur le côté, ma fiancée dort paisiblement. Je retire mon pull ainsi que mon jean et mes chaussettes le plus discrètement possible, puis je soulève l'épaisse couverture et me faufile en dessous. Je me colle contre ma future femme pour que mon corps épouse le sien à la perfection ; pendant un court laps de temps, il ne se passe rien. Soudain, elle se fige et se retourne d'un bloc.

– C'est moi, dis-je immédiatement.

Il faut à Zoe quelques secondes pour que ses yeux s'adaptent à la pénombre, mais quand elle me voit enfin, ses épaules s'affaissent brusquement, comme délestées d'un poids beaucoup trop lourd à porter pour elles.

– Ethan ? Comment es-tu…

– Chut.

Je pose délicatement ma main sur sa joue et penche ma tête pour l'embrasser. En même temps, je pivote et m'allonge doucement sur elle. Quel bonheur de sentir son corps accueillir le mien avec plaisir… Ses jambes s'enroulent autour de ma taille comme si elle voulait me retenir, ne plus jamais me lâcher.

La séparation aidant, notre baiser d'abord rempli de tendresse commence à s'intensifier. Zoe entoure ma nuque de ses bras tandis que je laisse mes mains couvrir son corps de caresses.

– Tu m'as tellement manqué… dit-elle d'une petite voix.

– Et toi alors, je réponds.

Je reprends sa bouche d'assaut et, tout en continuant de l'embrasser, je fais glisser mon caleçon sur mes cuisses. Avant d'aller plus loin, je cherche son regard et je perçois dans ses yeux cette étincelle de désir qui fait sans aucun doute écho à la mienne. Notre éloignement a duré trop longtemps, le manque de l'autre a été bien trop dévorant pour que nous puissions nous retenir. Nous avons plus que tout besoin de nous retrouver, de ne faire qu'un et de laisser s'exprimer la passion qui nous lie.

Pendant un long moment qui n'appartient qu'à nous, il n'y a rien d'autre que nos corps qui glissent langoureusement l'un sur l'autre, que nos souffles partagés, notre plaisir que nous tentons d'exprimer le plus discrètement possible, mais qui finit par nous consumer et nous faire atteindre des sommets.

– Le Rockefeller Center ? Zoe, c'est incroyable !

– C'est le mot. J'ai encore du mal à réaliser…

– Tu le mérites. Tu travailles tellement dur et tu es si talentueuse… Je suis heureux pour toi.

J'embrasse tendrement les lèvres de ma future épouse.

– Je n'en reviens pas que tu aies réussi à trouver un vol *in extremis*, murmure-t-elle après notre baiser.

Le visage contre mon torse, elle trace des arabesques sur ma peau du bout des doigts tandis que je caresse ses cheveux.

– Je n'avais qu'une chose en tête : toi.

– Tu n'imagines pas comme je suis heureuse que tu sois là. Tout va être tellement plus simple, maintenant…

– Comment ça ? Est-ce que tu as eu des soucis d'organisation ?

– Non… Enfin, pas vraiment.

Je fronce les sourcils. Si ce n'est pas l'organisation qui est en cause, alors…

– C'est ma mère ? Zoe ?

Glissant un doigt sous son menton, je l'incite à me regarder droit dans les yeux.

– Tu sais quoi ? Oublie ce que je viens de dire, décrète-t-elle.

– Pourquoi ?

– Parce que ce n'est pas important. Tu es là, c'est ça qui l'est. Et j'ai une nouvelle qui ne peut que te réjouir.

– Qu'est-ce qui se passe ?

Zoe se redresse en me souriant énigmatiquement puis me glisse :

– Ma mère a prévu de refaire des roulés à la cannelle…

– Que le dieu de Noël soit loué, je m'exclame, aux anges.

– Tu peux l'appeler Nicole, pas besoin d'en faire autant.

Nous nous esclaffons, puis ma fiancée se blottit de nouveau dans mes bras.

– Je suis heureux de pouvoir enfin préparer notre mariage, avec toi, lui dis-je.

– La chapelle en verre arrive demain, et ce sera le top départ de la décoration. Tout le monde sera à pied d'œuvre.

– Magnifique, je réponds, avant de capturer une nouvelle fois les lèvres de ma Zoe.

Ensuite, je l'attire tout contre moi et je nous installe confortablement pour la nuit.

CHAPITRE 18

ZOE

Christmas Tree Farm
Taylor Swift

– Votre attention, les Reynolds… et les French.

Tous les visages se tournent vers moi, attendant mes instructions.

– C'est aujourd'hui que la chapelle sous laquelle se tiendra la cérémonie d'union est installée, je déclare. Nous allons donc pouvoir commencer la décoration. J'aurai besoin d'autant de bras que possible, sachant que la livraison des sapins est prévue pour la fin de matinée.

– On est à ta disposition, ma chérie, affirme mon père.

Je lui souris pour le remercier.

– Julia m'a prévenue que ma robe ainsi que celles des demoiselles d'honneur et le costume d'Ethan arriveront à la maison vers onze heures.

Je vais donc rester ici pour les réceptionner. Pendant ce temps-là, je vous fais confiance pour suivre les plans d'installation que j'ai préparés. Tout est dans mon classeur, je vous le confie.

Tout le monde acquiesce, sauf Susan, mais je ne prête plus attention à son humeur changeante. En voyant Ethan au réveil, elle s'est métamorphosée. Depuis ce matin, elle fait tout pour passer pour la belle-mère idéale, mais je ne suis pas dupe : j'ai conscience que ce n'est qu'une façade.

Quoi qu'il en soit, j'ai d'autres choses bien plus importantes en tête aujourd'hui.

– Bien, je reprends. Dès que tout le monde aura terminé son petit déjeuner, vous n'aurez qu'à venir prendre les listes de tâches que j'ai préparées pour chacun d'entre vous sur le meuble de l'entrée. Je sais que ça peut paraître excessif, mais vous savez ce qu'on dit…

– L'organisation, c'est la clé de la réussite, récite ma famille en même temps que moi.

Je grimace, consciente que c'est quelque chose que je répète un peu trop souvent, puis je me rassieds pour terminer le délicieux roulé à la cannelle que ma mère a spécialement préparé hier soir, après l'arrivée d'Ethan.

– Vous n'étiez pas obligée de passer une partie de la nuit à faire de la pâtisserie, Nicole, lui dit justement mon futur mari.

Qui a trois roulés posés dans une petite assiette devant lui, en bon privilégié qu'il est.

– Ne t'en fais pas pour ça, mon grand, ça m'a fait plaisir, lui répond-elle. Il fallait bien fêter ton retour dignement. Oh, d'ailleurs, j'ai failli oublier…

Elle quitte la pièce de vie pendant un court instant. On l'entend ouvrir et fermer des portes de placard avant de revenir et de se diriger vers la cheminée.

– Voilà, fait-elle alors en accrochant au-dessus de l'âtre une chaussette de Noël avec le prénom d'Ethan inscrit dessus. La famille est au complet, cette fois.

Je jette un coup d'œil discret à mon fiancé… et je ne suis absolument pas surprise de le voir ému. Il faut dire que cette chaussette a une signification particulière. Il s'agit du cadeau qu'il a reçu des mains de mes parents lors du tout premier Noël qu'il a passé en notre compagnie. Cette chaussette, c'était une façon pour eux d'accepter l'homme que j'aime dans notre famille et de lui réserver une place de choix.

– C'est une gentille attention de votre part, Nicole, déclare Susan. Mais vous savez, Ethan n'est pas vraiment fan des traditions de ce genre. Là-dessus, il me ressemble beaucoup. N'est-ce pas, mon chéri, que tu as toujours trouvé tout cela un peu… surfait ?

Autour de la table, tout le monde se crispe. Ethan plonge alors son regard dans celui de sa mère.

– C'était le cas avant, la corrige-t-il. Aujourd'hui, je ne suis plus aussi catégorique.

– Oh, enfin, il n'y a rien de mal à l'admettre. Je ne pense pas que Zoe ou même ses parents puissent t'en vouloir pour cela.

– Chacun est libre d'aimer ou de ne pas aimer ce qu'il souhaite, intervient mon père, en bout de table.

– Vous avez raison, Gerald, répond Ethan, mais la vérité, c'est que j'ai revu ma position sur Noël. C'est une fête que j'ai appris à apprécier. Tu devrais t'y intéresser de plus près toi aussi, maman.

Piquée, Susan rougit légèrement. Mal à l'aise, je détourne les yeux, et pendant le reste du petit déjeuner, ma belle-mère garde le silence.

Une fois que tout le monde est prêt, chacun s'empare de sa liste personnelle avant de quitter la maison. Ma mère emporte également celle de Rosalie, qui tient à tout prix à participer aux préparatifs mais qui est très prise à la pâtisserie pour l'instant – elle nous rejoindra à l'hôtel en fin de matinée. À nous tous, je sais que nous allons faire du bon travail.

– Euh… Zoe ?

Je me tourne vers Susan, qui se tient dans l'entrée.

– Oui ?

– Je ne trouve pas de tâches à mon nom.

Tu m'étonnes.

– Oh, eh bien, comme vous avez beaucoup œuvré ces dernières semaines, je me suis dit que vous pourriez plutôt prendre un peu de temps pour vous.

Je lui sers mon sourire le plus sincère, pour tenter d'atténuer une éventuelle déception. Susan penche la tête et hausse les sourcils.

– Je n'ai pas besoin de me reposer, me garantit-elle. Au contraire, je tiens à être présente.

Plissant les lèvres, je tente de trouver une façon de la convaincre de ne se mêler de rien. Je la connais, désormais, je sais qu'elle discutera tous mes choix et je n'ai vraiment pas envie d'argumenter avec elle aujourd'hui.

– Je pourrais donner un coup de main à ta mère, propose-t-elle. J'ai cru comprendre que tu lui avais donné une liste plutôt fournie.

Je voudrais refuser catégoriquement et clore la discussion, sauf qu'en y réfléchissant bien, je dois reconnaître que ce n'est pas une si mauvaise idée. En effet, comme je tenais à ce que Susan reste à l'écart, j'ai peut-être un peu trop chargé le planning de ma mère. Si elles travaillaient en binôme, je serais rassurée : elles avanceraient plus vite, sans dévier de ce que j'ai prévu.

– Vous avez raison, c'est une bonne idée, je réponds.

Satisfaite, Susan quitte la maison et rejoint le reste de ma famille qui l'attend dans le pick-up. Je leur fais signe par la fenêtre lorsqu'Ethan, qui est au volant, recule dans l'allée. Après leur départ, je monte prendre une douche et je me prépare pour cette journée qui s'annonce intense.

Je ne croyais pas si bien dire.

Les problèmes commencent dès l'arrivée des vêtements du mariage. Malheureusement, la robe de Lily manque à l'appel, et selon le livreur, elle n'a jamais été prévue au programme.

– C'est marqué trois housses sur mon bon de commande, madame, j'y peux rien, proteste-t-il. Du coup, vous me signez le reçu ou pas ?

Cela me contraint à me pendre au téléphone avec la boutique new-yorkaise dans laquelle j'avais passé commande. Au bout de longues minutes, la couturière prend conscience que l'erreur vient d'elle et m'assure qu'elle me fait parvenir en express la robe de Lily. Je n'ai pas le temps de soupirer de soulagement : lorsque je raccroche, je constate que Julia a essayé de me joindre dans l'intervalle. Il me suffit de la rappeler pour comprendre immédiatement au ton de sa voix que quelque chose cloche.

– Qu'est-ce qui se passe ? je lance.

– Hier, j'ai fait partir le reste des décorations dont tu as besoin, m'annonce-t-elle sans préambule. Sauf qu'en me repassant la liste complète de toutes les fournitures ce matin en arrivant au bureau, je me suis aperçue qu'il manquait les rideaux lumineux.

– Quoi ? Non, Julia, j'ai besoin de ces rideaux, ils vont me servir à illuminer les parois de la serre.

– Je sais, et crois bien que je me suis tout de suite précipitée à l'atelier pour arranger ça… Le problème, c'est qu'il n'y en a plus.

– Comment ça ?

– Cette année, tu as utilisé quarante rideaux lumineux qui ont servi à décorer trois hôtels. Et ils ont tous été sortis de nos stocks.

– Julia, c'est impossible, j'en ai également commandé pour le mariage. Ils sont dans la liste !

– Dans celle des fournitures à te faire parvenir uniquement. Je me suis permis de consulter tes fichiers de suivi et je te confirme que, pour cette année, tu n'en as acheté que quarante, pas un de plus.

Je me passe une main sur le front.

– Mais… j'en parle depuis des mois, je lâche. Je ne cesse de répéter que c'est un indispensable de ma décoration. Je suis certaine d'en avoir prévu pour le mariage !

Un court silence s'étire à l'autre bout de fil. Après quoi Julia reprend, peinée :

– Tu as cru l'avoir fait, mais tu as oublié, Zoe… Ça arrive à tout le monde, tu sais. Tu as dû gérer tellement de choses cette année, c'est normal que…

– Non, ce n'est pas normal ! je m'écrie en commençant à faire les cent pas dans le salon de mes parents. Négliger un détail, ça arrive peut-être à beaucoup de personnes, mais pas à moi. Je suis censée penser à tout, ne jamais rien laisser au hasard, et j'y arrive pour les autres… mais pas pour moi ?

– Je ne sais pas quoi te dire.

Je ferme un instant les yeux, prends une profonde inspiration, puis libère tout l'oxygène de mes poumons.

Souviens-toi, Zoe. Toujours avoir un plan B, puis C, et ce autant qu'il y a de lettres dans l'alphabet.

– Bon… c'est certes une mauvaise nouvelle, mais on va trouver une solution, je décide. Fais-moi parvenir en urgence toutes les guirlandes individuelles qui nous restent dans le stock. J'ai bien dit *toutes,* Julia. Je verrai ce que je pourrai faire pour arranger ça.

– Je m'en occupe immédiatement.

– Merci.

Je raccroche, enfile mon manteau et mes bottes, puis je fonce dans la voiture pour retrouver mes petits lutins personnels à la demeure des Snowflakes. En arrivant, ma priorité, c'est la chapelle. Elle est dans ma tête depuis si longtemps que la voir enfin sur pied est presque devenu une obsession.

Et lorsque je débouche dans le parc enneigé de l'hôtel, je suis déjà conquise par ce que je vois. L'idée était de recréer la forme d'une petite église. La seule différence, c'est qu'absolument tout, des murs en passant par le toit, est en verre, pour nous permettre de ne rien louper du paysage. Rattachée à l'installation, une longue allée, en verre elle aussi, communiquera avec la salle de réception de l'hôtel. Pour l'instant, elle n'est pas encore totalement installée, mais je peux voir que les techniciens avancent vite et bien.

Enfin quelque chose qui se déroule comme prévu.

En m'approchant de la bâtisse, je croise Ethan et mon père qui déchargent les sapins qui prendront place dehors. Il y en aura quinze en tout, et monsieur Morrison m'a réservé des pièces magnifiques – ce dont je ne doutais pas une seconde.

– Alors ? me lance mon futur mari en venant me prendre dans ses bras. Qu'est-ce que vous en pensez, madame la reine de l'organisation ?

– Je viens juste d'arriver mais en ce qui concerne l'extérieur, les choses ont l'air d'être sous contrôle.

En effet, pendant que nous discutons, les installateurs passent aux parois qui formeront l'allée. Je m'y imagine déjà au bras de mon père, marchant jusqu'à l'autel devant lequel m'attendra Ethan.

– Tout va bien ? me demande ce dernier.

– Évidemment.

Il fronce pourtant les sourcils. Sans surprise, il a remarqué mon émotion. Je le rassure en déposant un baiser sur ses lèvres, et c'est à cet instant que mon père, qui se débat avec un conifère, l'appelle en renfort.

– On se voit tout à l'heure, murmure-t-il contre mes lèvres. Oh, au fait, j'ai commandé des pizzas pour le déjeuner, mais le restaurant n'a pas de service de livraison…

Je m'esclaffe face à son air outré. Il a l'air abasourdi qu'une telle chose soit possible. Parfois, Ethan est tellement citadin que c'en est drôle.

– J'ai compris, je vais chercher le repas pour tout le monde, je lui renvoie, amusée.

Et je m'empresse de rejoindre ma voiture pour accomplir ma mission. Mon envie d'aller voir si tout se passe bien dans la salle de réception est grande, mais je la tiens sous contrôle en me disant que s'il y avait un problème, ma mère m'aurait déjà appelée.

En m'arrêtant à un feu rouge dans le centre-ville, j'en profite pour regarder le monde qui évolue autour de moi. Une mère et ses deux enfants se dirigent vers l'une des boîtes postales rouges exclusivement dédiées aux lettres à l'attention du père Noël. Tout excités, les deux petits se hissent sur la pointe des pieds pour atteindre la fente dans laquelle ils glissent leurs enveloppes. Heureux, ils repartent ensuite en sautillant, ce qui me fait sourire.

Il est déjà plus de treize heures lorsque je reviens à l'hôtel après mon passage au restaurant. Cette fois, je me dirige directement vers la salle de réception. À l'intérieur, je retrouve tout le monde, et dès que je dépose les cartons des pizzas sur une table, le groupe de lutins affamés se jette dessus.

– Enfin… soupire ma sœur. J'ai cru que mon estomac allait provoquer un tremblement de terre à force de grogner.

Je souris, mais mon attention est prise ailleurs. En plus des quinze sapins à l'extérieur, dix prennent place ici. Neuf d'entre eux entourent la piste de danse et le dernier, plus grand et plus majestueux que les autres, se trouve à droite de l'entrée, attirant immédiatement l'œil. Le sol est recouvert de cartons et de boîtes que je sais remplies de toutes sortes d'ornements et de guirlandes – pour décorer autant de conifères, Dieu sait qu'on va avoir besoin de marchandise ! Je remarque aussi que les tables ainsi que les chaises ont été apportées et qu'elles ont été placées selon mon plan. Les hauts vases qui accueilleront les compositions florales sont alignés contre un mur : les bouquets et les branches de cerisier prendront place dans leurs écrins le jour du mariage et pas avant.

De manière générale, je suis très satisfaite des premières choses que je découvre.

– Ma petite Zoe, me hèle Susan. Je me disais… des tables rondes ? Est-ce que ça n'aurait pas été plus convivial si tu avais choisi une configuration en U ?

– J'y ai réfléchi, mais comme nous ne sommes pas nombreux et qu'une partie des invités se connaissent, chacun pourra se lever comme bon lui semble pour communiquer avec les autres.

– Je vois… Et en ce qui concerne tous ces sapins ? Je ne me souviens pas en avoir vu autant sur le croquis que tu avais dessiné.

Voilà pourquoi je voulais l'éloigner de cet endroit aujourd'hui !

Gardant un sourire plaqué sur mes lèvres, je prends le temps d'expliquer :

– En effet, vous avez l'œil. Au départ, j'avais prévu cinq sapins seulement autour de la piste de danse. Plus tard, en revenant ici, je me suis rendu compte que ce ne serait pas suffisant et j'ai décidé d'en rajouter quatre. Mais je n'ai pas trouvé nécessaire de les intégrer à l'ébauche.

– Je vois… répète Susan.

Alors que j'espère qu'elle va passer à autre chose, elle demande soudain :

– Ethan ? Tu étais au courant de ce changement ?

Non, mais c'est une plaisanterie !

Mon futur mari, occupé à grignoter sa part de pizza, se tourne vers sa mère, perdu.

– Quel changement ?

– Celui que Zoe a effectué à propos des sapins, insiste-t-elle en montrant la piste du doigt.

Sa question a attiré l'attention du reste de ma famille, qui est désormais focalisée sur nous.

– Sûrement… avance Ethan. En fait, même si ce n'était pas le cas, un sapin de plus ou de moins, ça n'est pas le plus important.

La réponse que lui donne son fils ne semble pas satisfaire Susan, mais à mon grand soulagement, elle retourne s'occuper de l'arrangement des tables.

Quelques minutes plus tard, quelqu'un toque à la porte de la salle. Le réceptionniste de l'hôtel entre, un large carton dans les bras.

– Madame… McQain ? appelle-t-il.

– Je suis là, réagit ma belle-mère en s'empressant d'aller récupérer le colis.

L'employé quitte la salle, et nous nous tournons tous vers Susan.

– Qu'est-ce que c'est ? s'enquiert Ethan.

– Ça, mon chéri, ce sont de petites choses que j'ai fait faire spécialement pour le mariage. Tu vas voir, tu vas a-do-rer.

Oh non !

CHAPITRE 19

ZOE

All Alone on Christmas
Darlene Love

Susan s'empare d'un cutter, découpe le ruban adhésif qui scelle le carton et l'ouvre en grand.

– Je sais qu'on a déjà eu cette conversation, mais j'insiste quand même parce que je trouve que la solution que je propose est vraiment idéale, commence-t-elle. Il faut un menu sans gluten pour mon oncle et ma tante au moins, mais ce serait dommage que personne d'autre ne puisse y goûter. Alors j'ai rappelé ton traiteur et il a suggéré une idée qui me paraît fantastique. Le repas que tu as choisi sera servi à table, comme convenu, et l'autre sera disposé sous forme de buffet. Comme ça, pas d'extra de service, chacun remplira son assiette à sa guise. Et donc…

Elle sort un paquet de feuilles satinées avant d'ajouter :

– J'ai fait imprimer le menu sans gluten en cinquante-deux exemplaires. Ils seront attachés au dos de ton propre menu et chacun pourra choisir ce qu'il souhaite manger.

Fière d'elle, ma belle-mère croise les bras, attendant une réaction de ma part. Comme je n'en ai pas, elle déclare :

– S'il te plaît, ne t'énerve pas. Je sais que tu n'aimes pas qu'on modifie tes plans, mais j'aimerais autant que tu ne me cries pas dessus comme la dernière fois.

– Te crier dessus ? tique Ethan en me jetant un coup d'œil.

Mes yeux s'écarquillent.

– Je ne vous ai pas crié dessus, je rétorque.

Susan me sert une moue dubitative.

– Vraiment, Zoe ? Enfin bon, c'est oublié. Ne t'inquiète pas, on a tous nos sautes d'humeur.

– Je…

– Tant que j'y pense, enchaîne-t-elle, j'ai rendu visite à ta fleuriste.

Je me crispe.

– Je n'ai pas effectué de changement majeur, mais comme tu as accepté d'ajouter des pétales orange à ta décoration, je me suis dit qu'il était également indispensable qu'on puisse retrouver des fleurs de cette couleur dans tes compositions, m'annonce-t-elle. Une trentaine de dahlias seront livrés le jour du mariage. Tu verras, je suis certaine qu'ils s'accorderont à merveille avec les autres plantes que tu as choisies.

Elle fouille de nouveau dans son carton tandis que je reste plantée devant elle, paralysée. Je sens sur moi les regards d'Ethan ainsi que de ma famille. Rosalie semble lutter pour se contenir et j'ai bien peur qu'elle ne finisse par exploser.

Non, en réalité, je crois que c'est moi qui vais craquer la première...

– J'ai encore une petite chose à te montrer, reprend Susan.

Ne voit-elle donc pas que plus elle parle, plus je suis horrifiée ?

– Tu te souviens du jour où je suis allée faire du shopping ? Eh bien, figure-toi que c'était pour acheter de quoi confectionner des cadeaux pour les invités. Je ne sais pas si les gens du coin connaissent cette coutume, mais c'est très répandu près de San Francisco. Ça fait toujours plaisir aux convives et ça leur permet de garder un souvenir du mariage.

Elle me montre une petite boîte carrée orange pâle et reprend :

– Ne sont-elles pas mignonnes ? Ne t'inquiète pas, j'ai déjà tout prévu avec la directrice de l'hôtel. Elle nous apportera une table qu'on installera dans ce coin et sur laquelle chacun pourra venir récupérer un présent avant de partir. Alors évidemment, entre la disposition que tu as choisie, l'installation du menu sans gluten, les cadeaux et tous ces sapins, la pièce paraîtra beaucoup plus exiguë, mais ça, je te l'avais dit dès le premier jour. N'y vois pas du tout une critique de ma part, je suis juste surprise qu'une organisatrice telle que toi n'ait pas pensé à…

– ÇA SUFFIT !

L'ordre de ma mère résonne dans toute la salle de réception. Je l'admets, j'ai un léger sursaut et je me tourne immédiatement vers elle.

La voir bouleversée me serre le cœur. Depuis l'arrivée de Susan à Snowflakes Garden, mes parents se sont montrés des hôtes exemplaires envers elle, mais j'ai bien vu qu'ils ont souvent eu envie d'interférer pour prendre ma défense. S'ils ont réussi à garder le silence jusque-là, il semble que ma mère ait atteint son point de rupture, ce qui en dit long.

– Ça suffit, répète-t-elle, lasse.

La fatigue dans sa voix, je la ressens moi aussi… Ma mère n'est pas la seule à être arrivée à bout de patience : c'est également mon cas.

Mon regard se rive à nouveau à celui de Susan, qui m'observe comme si elle ne comprenait pas ce qu'on lui reproche. Je la fixe, longtemps, dans un silence qui s'étire, envahie par une vague de colère soudaine que je ne contrôle pas. Je m'entends dire, d'une voix blanche :

– Vous êtes une menteuse.

– Pardon ?

– Vous êtes une menteuse *et* une manipulatrice. Vous m'accusez devant tout le monde de vous avoir crié dessus alors que c'est vous qui vous êtes mal comportée avec moi, et ce depuis votre arrivée ici.

– C'est faux…

– Je vous ai laissée m'humilier et me contredire devant la fleuriste, je n'ai rien dit quand vous avez décidé d'afficher du mépris pour *ma* ville, je me suis tue quand vous avez organisé une dégustation de pièces montées le jour même où Rosalie avait prévu la sienne, ce qui, au vu de la situation, était très généreux de ma part. Oh, d'ailleurs… Je déteste le fruit de la passion, mais ça, vous ne pouviez pas le savoir puisque vous n'avez jamais pris la peine de vous intéresser un tant soit peu à ce j'aime !

Plus je parle, plus le visage de ma belle-mère pâlit. Malgré tout, elle garde suffisamment de contenance pour rétorquer :

– Enfin, c'est ridicule !

– Il y a tant de choses que j'aurais pu raconter à Ethan mais que j'ai décidé de garder pour moi, comme le fait que vous m'ayez dit qu'il privilégierait toujours sa carrière à notre couple. Je lui ai aussi caché que vous ne vous êtes jamais excusée pour l'histoire du train, ou que vous ne m'avez jamais prévenue qu'il attendait un appel de ma part. Vous savez quoi, Susan ? J'arrête de vous couvrir ! Je ne sais pas pourquoi vous vous comportez ainsi avec moi, mais une chose est sûre, je ne le mérite pas.

Je réalise que mes poings sont serrés lorsque je sens la pointe de mes ongles pénétrer ma chair. Autour de moi, tout le monde est pétrifié. Je croyais que vider mon sac me soulagerait, mais en fait, j'ai le ventre encore plus noué que tout à l'heure.

Nous sommes à trois jours du mariage et j'ai le sentiment d'un immense gâchis.

Soudain, un petit rire m'échappe et enfle de plus en plus, jusqu'à devenir incontrôlable.

– Zoe ? s'inquiète Ethan en posant une main sur mon bras.

Mon hilarité se change brutalement en pleurs. Plus rien ne va.

– Vous savez quoi, Susan ? je lâche. Vous avez gagné.

J'essuie les larmes qui roulent sur mes joues avant de poursuivre :

– Depuis des jours, vous n'avez de cesse de discuter mes choix, de les juger, d'insinuer des choses tout droit sorties de votre imagination et de vous poser en victime quand je vous le faisais remarquer. Je vous ai demandé de participer aux préparatifs de ce mariage, pas parce que j'avais besoin de vous, mais parce que je voulais qu'on se rapproche, qu'on crée un lien… et vous avez fait en sorte que ça se passe complètement différemment. Je n'ai plus envie de me battre avec vous. J'arrête !

– Zoe ! lance ma sœur derrière moi.

– J'arrête, je répète. Vous voulez vous accaparer mon mariage ? Allez-y. Faites ce que bon vous semble : changez la déco, les couleurs, invitez qui vous voulez, virez les sapins, brûlez-les, même, si ça vous chante. Je n'en ai plus rien à faire.

J'attrape mon manteau et l'enfile sans entrain.

– Zoe, qu'est-ce que tu fais ? demande Ethan, complètement abasourdi.

Trop bouleversée, je quitte la salle de réception sans lui répondre. Une fois dehors, je me précipite vers ma voiture. Mes larmes ont recommencé à couler et je veux être en paix pour pouvoir craquer.

– Zoe ! Zoe, attends !

Ethan attrape mon bras au moment où j'allais ouvrir ma portière.

– Attends… me supplie-t-il.

Lorsqu'il voit dans quel état je suis, il attrape mon visage entre ses grandes mains.

– Parle-moi !

– Je n'ai pas envie de parler. Je veux juste ne plus penser à tout ça.

– Mais…

– S'il te plaît, Ethan.

À contrecœur, il accepte de me laisser grimper dans ma voiture pour que je puisse m'enfuir.

CHAPITRE 20

ETHAN

Carol of the Bells
Monique Danielle

Une fois la voiture de Zoe disparue, je retourne dans la salle de réception, où m'attendent les membres de nos familles respectives.

– On peut savoir ce qui vient de se passer ? je lâche.

Les Reynolds ont les yeux rivés sur ma mère, ce qui la pousse à s'exprimer en premier.

– Il semblerait que Zoe soit quelque peu sous pression.

J'ai du mal à croire à ce que j'entends. Sourcils froncés, je demande :

– Maman, est-ce que c'est vrai que tu lui as fait acheter des pétales d'une autre couleur ?

– Eh bien…

– Et je n'ai pas rêvé, tu as pris l'initiative de changer le menu du mariage ?

– Une vraie harpie, grogne Rosalie en fusillant ma mère du regard.

Quant aux parents de ma future épouse, d'ordinaire si souriants, ils paraissent eux aussi sur le point de lui sauter à la gorge.

– Je ne l'ai pas changé, j'en ai ajouté un nouveau, se justifie ma mère. Ton grand-oncle est intolérant au gluten, Ethan, et…

– Justement, parlons-en, de ce cher grand-oncle que je n'ai vu que trois fois dans toute mon existence. Si je l'ai invité, c'est simplement par égard pour toi, mais je le regrette amèrement. Et si le menu ne lui convenait pas, il n'avait qu'à le préciser quand il en a eu l'occasion.

Bordel.

– Je n'arrive pas à croire que tu aies eu un tel comportement, j'ajoute. Toutes ces fois où nous nous sommes appelés, tu me disais que Zoe était sous tension, mais tu te gardais bien de me dire que c'était ta faute.

– Enfin, tu ne vas pas t'y mettre toi aussi ! s'agace ma mère. Qu'est-ce que vous me reprochez tous, au juste ? De vouloir que le plus beau jour de la vie de mon fils soit parfait ?

– Mais il l'était ! je m'écrie.

Je me dirige à grands pas vers la chaise sur laquelle est posé le classeur de Zoe, puis je me retourne vers ma mère et lâche l'énorme dossier sur la table devant laquelle elle se tient, la faisant trembler.

– Zoe a travaillé pendant un an sur l'organisation de ce mariage ! je m'exclame. Elle y a mis toute son énergie, y a passé tout son temps.

– Ah, tu vois, tu admets toi-même que tu n'as pas été consulté, lance ma mère en jubilant presque.

– Pour la dernière fois, arrêtez d'insinuer que ma fille est une sorte de tyran qui traumatise votre fils, intervient Nicole en pointant un doigt rageur dans sa direction.

Elle a tout gâché, en quelques jours seulement…

Sentant que la suite de la conversation risque de ne pas être agréable, je demande à ma belle-famille :

– Vous pouvez nous laisser un instant, s'il vous plaît ?

Ils obtempèrent. En passant près de moi, Gerald pose une main réconfortante sur mon épaule. Quand la porte de la salle de réception s'est refermée derrière eux, je lâche sans attendre :

– C'est vraiment ce que tu penses, maman ? Tu crois que Zoe a tout préparé dans son coin ? Bien que ça ne te regarde pas, je suis désolé de t'apprendre qu'elle m'a demandé mon avis à chaque étape, mais tu sais quoi ? Même si ça n'avait pas été le cas, ça n'aurait pas d'importance. Parce que je me fiche de la déco, des invités, des fleurs et de leur couleur. Tout ce qui m'importe, c'est de pouvoir m'unir à la femme que j'aime.

– Ethan, enfin…

– Quoi ? Qu'est-ce qu'il y a de mal à vouloir rendre ma future épouse heureuse ? Qu'elle prévoie des feux d'artifice, des chorales, l'arrivée du père Noël en personne, même, je m'en fiche. Tu sais ce qui me déçoit le plus ? C'est que je t'ai fait confiance. J'étais certain que tu allais tout faire pour que les choses se passent au mieux avec Zoe. Je sais que tu n'as pas un caractère facile et que la période des fêtes est loin de te plaire, mais je ne te pensais pas capable de me nuire. Eh bien, il se trouve que j'avais tort.

Ma mère soupire et plaque ses mains sur ses hanches.

– Et dis-moi un peu comment je t'ai nui ?

– En t'en prenant à Zoe. En la faisant douter, pas seulement d'elle-même, mais de moi aussi. Tu l'as poussée à croire qu'elle prend toute la place dans notre couple, qu'elle est néfaste pour moi. Est-ce que tu réalises à quel point c'est grave ? Tu sais, ce mariage n'a pas à te plaire. En fait, il n'a pas à plaire à qui que ce soit, sinon à Zoe et moi. Si tu as un problème avec notre organisation, nos invités ou notre menu, personne ne t'oblige à assister à la cérémonie, maman.

Elle hoquette, choquée, et me dévisage sans y croire.

– Ethan… Tu n'es pas sérieux, murmure-t-elle. Tu n'es pas vraiment en train de me demander de partir, si ?

Je me passe une main sur le visage.

Est-ce que c'est ce que je suis en train d'insinuer ?

– Écoute, je ne sais pas exactement ce qu'il s'est passé ici durant mon absence, je reprends, mais ce que je constate, c'est que je retrouve une Zoe à bout de nerfs, qui a perdu confiance en elle et qui a accepté de modifier des détails du plus beau jour de notre vie à contrecœur, tout ça parce qu'elle veut faire plaisir au plus grand nombre au point de s'oublier. Ce qui est certain, c'est que si tu n'avais pas mis ton grain de sel là-dedans, tout serait beaucoup plus simple aujourd'hui. Alors écoute attentivement ce que je vais te dire : soit, pour le bien de tout le monde, tu t'empresses d'aller t'excuser auprès de ma future épouse et tu fais en sorte d'arranger les choses… soit tu rentres à San Francisco.

En disant cela, je ressens un vif pincement au cœur. Jamais je n'ai envisagé une seconde d'épouser la femme de ma vie sans ma mère à mes côtés. Mais pour l'instant, ma seule préoccupation, c'est Zoe. La retrouver, la calmer et lui dire que je suis prêt à l'épouser dans n'importe quelles circonstances, peu importe la décoration au-dessus de nos têtes.

– Je suis désolé, j'ajoute face au regard abasourdi de ma mère.

Il se passe quelques secondes pendant lesquelles elle reste figée. Incapable de rester là plus longtemps, je quitte la salle de réception puis je fonce à l'extérieur, prêt à partir à la recherche de ma fiancée.

– Ethan, attends ! me hèle Rosalie lorsqu'elle me voit déboucher dans le hall.

– Rosie, je n'ai pas le temps, là, il faut que je…

– Je sais, tu veux retrouver Zoe, mais écoute-moi. Accorde-lui un peu de temps pour elle. Fais-moi confiance, d'accord ? J'ai une petite idée de l'endroit où elle a dû se réfugier. Laisse-moi aller lui parler. Je te promets que tu pourras nous rejoindre dès qu'elle sera prête.

Abattu, je décide pourtant d'écouter le conseil de Rosalie. Reconnaissante, elle me serre doucement le bras en guise de soutien, puis elle grimpe dans son véhicule et part retrouver la femme de ma vie.

CHAPITRE 21

ZOE

It's the Most Wonderful Time of the Year
Andy Williams

Un ange en porcelaine, deux anges en porcelaine, trois anges en porcelaine... Voilà, la famille est au complet.

Je dépose les ornements dans mon panier puis, comme la pile qui s'y trouve déjà est sur le point de dégringoler, je me dirige vers la caisse et dépose mon chargement… à côté des deux autres paniers pleins à craquer que j'ai mis de côté un peu plus tôt. Je me mets ensuite en quête d'un autre cabas, mais la vendeuse derrière son comptoir m'informe :

– Il n'y en a plus.

Elle porte un serre-tête en haut duquel un sucre d'orge bouge au gré de ses mouvements. La boutique a beau être bondée, à la caisse, il n'y a pour l'instant pas foule. C'est le risque lorsqu'on met un pied dans ce magasin hors norme : les heures passent sans qu'on s'en rende compte et on erre dans les rayons tant les décorations présentées sont fascinantes.

– Prenez une hotte, si vous voulez, me suggère l'employée.

– Merci.

Je me saisis du gros sac rouge en velours tandis que mon interlocutrice ajoute :

– Je vois que vous faites votre stock. Vous préparez une petite fête ?

Je ricane, attrape un cookie sur le comptoir, puis lâche :

– Je célèbre le fait que ma belle-mère me déteste et tente de saboter mon mariage.

Le sourire de la jeune femme se fige. Je la regarde, hausse les épaules, puis je repars dans les rayons en grignotant mon biscuit. Cette fois, j'explore le coin dédié aux scènes hivernales. Mon attention est immédiatement attirée par la représentation de deux parents et de leur enfant qui patinent sur un lac entouré de sapins recouverts de paillettes blanches. Sans réfléchir, je m'empare de l'objet et fais glisser la hotte de mon épaule pour le mettre à l'intérieur.

– Zoe Reynolds. Pose tout de suite cette décoration de Noël.

Je fige mon geste. En pivotant, je repère ma sœur qui se dirige vers moi d'un pas décidé.

– Tout va bien se passer, je suis là, ne fais aucun geste brusque, poursuit-elle.

La regardant droit dans les yeux, je laisse passer un instant, puis je fais tomber la décoration dans la hotte. Rosie étouffe une exclamation choquée.

– On s'était promis de ne pas revenir ici en période de fêtes, Zoe, me réprimande-t-elle.

– Ah.

– Ne joue pas l'étonnée avec moi, ça ne marche pas. J'espère que tu viens juste de commencer ta crise et que tu n'as pas déjà rempli ce sac.

Je jette un discret coup d'œil en direction des paniers près de la caisse, puis je mens sans vergogne :

– Non, il n'y a que ça.

– Tant mieux. Allez, sortons d'ici immédiatement.

Mais je ne bouge pas d'un pouce.

– Non.

– Zoe…

– Je suis en pleine thérapie par le shopping, merci de ne pas me déranger pendant que je tente de gérer mes émotions en dépensant mes économies.

Ma sœur me fixe intensément. Je croise les bras et hausse un sourcil pour lui montrer que je ne sortirai pas de cette boutique avant d'y être décidée. Finalement, elle rend les armes, se dirige vers la caisse et attrape une hotte à son tour avant de me rejoindre.

– Allons-y pour la shopping-thérapie, soupire-t-elle.

– C'est une teigne.

– Je suis d'accord.

– Une casseuse d'ambiance !

– Totalement vrai.

– Une *hater* de Noël, une Scrooge en puissance, une rabat-joie, une adoratrice de l'été et de la chaleur, bref, c'est un monstre !

Bon… il se pourrait que j'exagère un tout petit peu.

D'ailleurs, ma sœur me juge du regard sans même s'en cacher.

– Moi non plus, je ne l'aime pas, mais là… fait-elle.

– D'accord, je caricature, mais quand même. Tu te rends compte que depuis qu'elle est arrivée ici, elle n'a eu de cesse de nous jeter au visage sa mauvaise humeur, son scepticisme et ses piques ? Et elle a réussi à énerver maman… Maman !

– Je sais, j'étais là, je te rappelle.

Rosie s'arrête devant un rayon rempli de mugs de Noël et en prend deux avant de les glisser dans sa hotte. Notre shopping-thérapie se passe à merveille. Nous pillons actuellement l'étage dédié aux arts de la table. Ma fixation sur les bougeoirs a pris fin après que j'en ai embarqué quatre d'un coup. Ma nouvelle cible ? Les contenants pour cupcakes. Il en existe avec des motifs de bonhomme de neige, de père Noël, de biscuits en pain d'épices et de rennes. Évidemment, j'en prends un de chaque.

– Tout ce que je dis, je reprends, c'est que je n'avais pas à supporter son attitude plus longtemps. J'ai essayé d'être compréhensive et de ne pas craquer, mais son petit numéro de tout à l'heure a été la goutte de trop. Elle a fait imprimer de nouveaux menus. Commandé d'autres fleurs ! Et d'ailleurs, n'importe quelle personne sensée sait que l'orange ne se marie pas du tout avec le bordeaux, le blanc et le doré. J'ai fait une exception pour les pétales, mais là…

– Tu crois que j'ai besoin d'un nouveau service à vaisselle ? s'interroge Rosalie.

– Est-ce que tu as entendu ce que je viens de dire ?

– Oh oui, et d'ailleurs, monsieur Oliver aussi, sans doute, alors qu'il est chez lui.

Je lève les yeux au ciel et bouscule ma sœur d'un coup d'épaule.

– Écoute, Zoe, je suis d'accord, m'assure-t-elle sur un ton plus sérieux. Susan ne t'a pas mené la vie facile. Tu as hérité d'une belle-mère pas sympa, c'est dommage mais c'est ainsi. Cela dit, ce n'est pas avec elle que tu vas te marier, je me trompe ?

– Heureusement que non, je grommelle.

– Pense à Ethan. Imagine comme il doit se sentir mal à l'aise de se retrouver pris entre sa mère et la femme qu'il s'apprête à épouser. Je n'ai aucune idée de ce qu'ils se sont dit, mais je suis prête à parier qu'il a dû lui remonter les bretelles. Et même si tu ne portes pas Susan dans ton cœur, je sais que tu ne voudrais pas qu'elle et lui finissent par être en froid. Je me trompe ?

L'évocation de mon futur mari me fait immédiatement culpabiliser. Ces derniers jours, je lui ai caché ce qu'il se passait réellement entre sa mère et moi, et au moment où il a tout découvert, je me suis juste enfuie, le plantant là.

– Je me trompe ? répète Rosalie.

– Évidemment que je ne souhaite pas qu'il se fâche avec sa propre mère, finis-je par admettre. Mais j'ai le droit de ne plus avoir envie de la laisser me marcher sur les pieds, non ?

– Tout à fait. Du coup, pourquoi l'as-tu laissée faire au départ ?

Ma sœur marque une pause pour se mettre face à moi.

– Zoe, je te connais par cœur, poursuit-elle. Tu es fonceuse, déterminée, tu as du caractère, et bon sang, tu as assez d'autorité et de self-control pour gérer une société qui compte plus d'une vingtaine d'employés à tout juste trente et un ans, alors pourquoi as-tu accordé la possibilité à cette femme de te déstabiliser ?

Je suis sur le point de réfuter l'accusation de Rosalie, sauf qu'en y réfléchissant bien, je me rends compte qu'elle a raison. Une profonde lassitude m'envahit, mes épaules s'affaissent et je m'adosse contre un mur.

– Pourquoi ? insiste ma sœur.

– Parce qu'elle est la mère d'Ethan, je réponds. Parce qu'elle est le dernier parent qui lui reste, parce que je voulais qu'entre nous tout se passe à merveille, parce que j'avais peur qu'elle ne dise à mon futur mari que je ne suis pas assez bien pour lui… et parce que j'ai rapidement senti qu'elle a une dent contre moi. Je ne suis pas habituée à ce qu'on me soit aussi hostile, alors j'ai voulu tout faire pour qu'elle m'apprécie…

– Au point de la laisser s'imposer dans *ton* mariage.

Rosalie pousse un profond soupir. Elle passe ensuite un bras autour de mes épaules et me confie :

– Même si elle avait essayé de faire changer Ethan d'avis concernant votre union, jamais il ne serait tombé dans son piège.

– Comment tu peux le savoir ?

– Je le sais, c'est tout. Je n'étais peut-être pas présente pendant toute la conversation que Susan et lui ont eue, mais j'en ai entendu une partie. Et laisse-moi te dire que cet homme t'aime plus que tout au monde, Zoe. Il ne veut qu'une chose, te voir heureuse, et en ce moment, il ne sait pas comment faire pour y parvenir.

– Ce n'est pas après lui que j'en ai ! je m'indigne.

– Sauf que ça, il l'ignore. Vu la façon dont tu t'es enfuie, même moi j'en douterais si j'étais lui.

L'idée qu'Ethan puisse penser une seconde que ma colère était dirigée contre lui me serre le cœur.

– Il faut que j'aille le retrouver, je décide en essuyant une larme.

– Il t'attend déjà devant la boutique. Je lui ai envoyé un message quand j'ai repéré ta voiture sur le parking.

Je dévisage ma sœur avant de l'attirer contre moi.

– Merci, Rosie.

– À ton service. Bon, allons reposer ces hottes avant de vraiment faire des folies.

Elle se dirige vers les escaliers menant au rez-de-chaussée, mais je la rattrape et lui avoue d'une petite voix :

– J'ai trois autres paniers qui m'attendent près de la caisse.

– Évidemment, soupire-t-elle, pas vraiment surprise.

– Et je ne veux pas partir sans eux.

– Zoe, tu ne vas pas acheter pour plus de cinq cents dollars de décorations, quand même ! Surtout quand on sait que tu en as déjà tout un stock chez toi et à ton atelier.

Sans aucun remords, j'utilise la technique du regard de cocker, qui a souvent fonctionné quand nous étions petites et que je voulais que ma sœur partage son goûter avec moi.

– Zoe…

– J'ai *besoin* de faire ces achats.

– C'est faux.

– Rosalie…

– Donne-moi une seule bonne raison d'accepter.

– Chers clients, pendant la prochaine demi-heure, tous les articles de la boutique sont exceptionnellement à prix réduit. Moins trente pour cent sur tout le magasin pendant trente minutes ! Bon shopping à tous.

Le micro grésille, la voix disparaît des haut-parleurs, mes yeux s'écarquillent et mon sourire s'élargit.

– Et merde, grogne Rosie.

C'est ce qu'on appelle un braquage de Noël en bonne et due forme. Rosalie et moi sortons de la boutique avec près de dix sacs pour nous deux. Mais j'assume chaque dollar dépensé. Et mon humeur déjà moins morose s'éclaircit encore lorsque j'aperçois Ethan adossé au pick-up de mon père. Je me dirige vers lui, accélérant à mesure que j'avance, puis je lâche mes achats sur le sol et je cours dans ses bras. Il me rattrape sans mal et me serre contre lui. Je n'ai pas besoin de lui parler pour savoir qu'il s'est inquiété et je m'en veux encore plus.

– Ne vous embêtez pas pour moi, je ramène toutes ces petites merveilles chez nos parents, annonce ma sœur en attrapant mes emplettes et en les mettant dans le coffre de sa voiture avec les siennes. Quant au pick-up… Je suppose que vous allez repartir ensemble, donc mon père et moi, on viendra le rechercher plus tard.

Elle tend la main à Ethan, qui laisse tomber les clés dans sa paume. Puis elle nous sourit, grimpe dans son véhicule et quitte le parking de la boutique. Toujours blottie dans les bras de mon futur mari, je me décide enfin à le regarder dans les yeux.

– Pourquoi tu ne m'as pas dit ce qui se passait ? me demande-t-il.

– Parce que je ne voulais pas t'inquiéter. Je ne voulais pas non plus que tu penses que je ne pouvais pas gérer la situation toute seule.

– Zoe… Il n'y a pas grand monde qui est capable de gérer ma mère, tu sais. Crois-moi, pour la pratiquer depuis longtemps, je t'assure que tu as déjà eu plus de patience avec elle que beaucoup d'autres personnes.

– Peut-être, mais ça me peinait de devoir t'avouer à quel point j'avais l'impression qu'elle me détestait. Elle est ta mère, après tout…

– Et tu seras bientôt ma femme. Je ne sais pas si tu crois qu'il existe un scénario dans lequel je pourrais la choisir plutôt que toi, mais si c'est le cas, ôte-toi ça de la tête.

Tendrement, Ethan passe une main dans mes cheveux.

– Cela fait trois ans que tu es ma priorité, Zoe, reprend-il. C'est bien pour cette raison que dans quelques jours nous nous dirons « oui ».

Touchée, je prends son visage en coupe et dépose mes lèvres sur les siennes.

– Je n’ai pas vu ni compris à quel point cette année a été stressante pour toi, me souffle-t-il. Je ne veux plus jamais que tu te laisses submerger de cette façon, c’est compris ?

– D’accord.

– À partir d’aujourd’hui, tu vas lâcher du lest.

Je plisse les yeux, comme si je ne comprenais pas le sens de cette expression.

– Tu m’as très bien entendu, insiste Ethan. Tout ce qui compte, c’est que toi et moi on s’unisse pour la vie, et tant que ça arrive, ce sera forcément un mariage parfait. Alors, s’il te plaît, profitons de ces derniers jours tous les deux. Les préparatifs peuvent attendre, c’est nous qui sommes importants, Zoe.

À trop vouloir que notre grand jour soit idéal, l’inverse s’est produit. Et je n’aurais jamais cru dire ça un jour, mais je crois que finalement, Ethan a raison : les décorations, c’est secondaire.

CHAPITRE 22

ZOE

Happy Xmas (War Is Over)
John Lennon & Yoko Ono

Ethan et moi sommes restés un long moment enlacés sur le parking de la boutique de décorations. Nous nous sommes beaucoup parlé, puis nous avons décidé de nous balader, rien que tous les deux. Finalement, la nuit commence à tomber lorsque nous revenons à la maison de mes parents. Dès que je descends de voiture, je repère Susan qui attend sous le porche.

Mon premier réflexe est de vouloir l'éviter. Je ne crois pas avoir la force de l'affronter une seconde fois dans la même journée… Mais un peu de courage me revient quand Ethan contourne mon SUV et vient se poster près de moi. Il prend ma main dans la sienne, glisse ses doigts entre les miens, et nous avançons ensemble en direction de ma belle-mère.

– Maman, dit simplement mon futur mari.

Dans son intonation, je perçois une pointe d'avertissement.

– Est-ce que je pourrais parler à Zoe seule à seule ? demande Susan.

Ethan se tourne vers moi, attendant que je m'exprime. Je ne sais pas si j'ai envie d'écouter ce qu'elle a à me dire, mais une chose est sûre, je ne me vois pas décliner son offre en présence de son fils.

– C'est d'accord, je décide.

Mon fiancé serre rapidement ma main, dépose un baiser sur mon front, puis rentre à l'intérieur de la maison de mes parents.

– Ça te va si on marche un peu ? me propose Susan.

– La rue est recouverte de neige, je fais remarquer. Vous détestez marcher dedans.

– Disons que je suis disposée à faire un effort pour cette fois.

Je hausse les épaules, fourre les mains dans les poches de mon manteau puis commence à remonter le trottoir lentement. Susan m'emboîte le pas et nous progressons pendant plusieurs minutes sans échanger un mot.

– Je n'ai pas toujours détesté Noël, finit-elle par déclarer. Pendant quelques années, ça a même été ma période préférée. Les préparatifs, l'ambiance, les moments en famille… Ethan était encore petit et c'était un bonheur de le voir, comme tant d'autres enfants, s'émerveiller devant les lumières, les décorations, jouer dans la neige. J'ai toujours voulu le préserver des conflits que son père et moi entretenions. Notre vie de couple était loin d'être idyllique, mais je veillais à ce que notre fils ne le ressente pas.

Le bruit de la poudreuse qui crisse sous nos pas me réconforte : je l'ai toujours trouvé apaisant. Susan et moi poursuivons notre route sans vraiment suivre un itinéraire précis.

– Même dans les périodes difficiles, poursuit-elle, j'ai continué à croire que mon ex-mari et moi parviendrions à surmonter les obstacles que nous rencontrions. Je l'aimais et je me disais que nous étions simplement dans une mauvaise passe… Je n'aurais jamais imaginé qu'un jour, il quitterait notre foyer sans un regard en arrière.

Je connais vaguement cette histoire, Ethan me l'a déjà racontée. Cependant, il n'était jamais allé au fond des choses. J'ai l'impression que ce soir, Susan va me livrer une part de leur vie.

– Son départ a été un choc pour Ethan comme pour moi. Il n'avait que huit ans et il ne comprenait pas pleinement ce qui se passait. Il a même cru pendant un moment que c'était sa faute. Là encore, je n'ai eu qu'une idée en tête, le protéger. Mais comment faire alors que je n'avais moi-même aucune réponse à lui apporter ? Mon fils se souvient d'avoir été ballotté entre nos deux maisons pendant son adolescence, mais il semble avoir totalement effacé de son esprit qu'après son départ, mon ex-mari ne nous a donné aucune nouvelle pendant un an. Et crois-moi, une année entière sans savoir si la personne que tu aimes encore malgré tout va bien, où elle se trouve ou même si elle est en vie, c'est long. Interminable, en fait.

Le regard de Susan est rivé sur l'horizon, qui s'assombrit de minute en minute à mesure que la nuit tombe.

– Lorsque le père d'Ethan est revenu, il a demandé officiellement le divorce et il a réclamé une garde partagée. J'étais déjà déstabilisée de le voir réapparaître, mais il a fallu en plus que j'accepte de lui laisser mon enfant chaque semaine, alors qu'il avait, par-dessus le marché, refait sa vie.

Ma belle-mère inspire profondément, puis expire. Son souffle chaud crée une fumée blanche lorsqu'il entre en contact avec l'air froid.

– J'ai conscience que mon comportement n'a pas été exemplaire, mais je n'ai juste pas réussi à me contenir, avoue-t-elle. J'ai fait la guerre à mon ex-mari et j'ai rejeté tout ce qui s'apparentait à la famille, tout ce qui me faisait me sentir seule… La période de Noël en premier. Ma rage, ma déception, mon sentiment de trahison étaient si grands que je n'étais plus capable de penser rationnellement. Une petite voix dans ma tête ne cessait de me répéter que mon fils ne méritait pas de pâtir du désastre de ma vie amoureuse, mais je l'ai malheureusement laissé au milieu du conflit qui m'opposait à son père. Et, à cause de moi, il a commencé à le haïr. Plus il grandissait, plus il me ressemblait. Il a fini par refuser d'aller chez mon ex-mari. Je voyais que ce dernier en souffrait… et ça me faisait plaisir. Pendant des années, j'ai été habitée par la colère et j'ai réalisé trop tard que je l'avais transmise à mon fils.

Elle se tait pendant quelques secondes. Je remarque qu'elle essuie une larme sur sa joue d'un geste furtif. Lorsqu'elle reprend le cours de son récit, c'est d'une voix plus rauque.

– Quand il est mort, j'ai été rongée par le remords. J'ai pris conscience qu'à cause de moi mon fils n'a jamais pu se réconcilier avec son père.

Elle me jette un coup d'œil, sourit légèrement et poursuit :

– À partir du moment où Ethan et toi vous êtes mis en couple, j'ai bien vu qu'il changeait. Il était moins en colère, moins bourru… Moins réfractaire à Noël. Si tu savais le nombre de fois où il m'a parlé de tes parents, de toi, de ta nièce… J'ai tout de suite compris qu'il avait trouvé en vous ce qui lui manquait tellement depuis l'enfance. Zoe, ta famille représente tout ce que je n'ai pas pu offrir à mon fils, et j'en étais jalouse. Je le suis encore un peu, à vrai dire. Tu représentes un avenir qu'il désire tant que j'ai eu peur qu'il ne finisse par s'éloigner de moi.

– Susan…

– S'il te plaît, laisse-moi finir. Il ne m'a suffi que de deux jours ici pour voir à quel point Ethan est attaché à tes parents, à quel point ces derniers sont attachés à lui, et à quel point, tous ensemble, vous formez un tout uni. Quand j'ai vu ce que vous prévoyiez pour le mariage, je t'ai dit que je ne reconnaissais pas mon fils dedans, mais en réalité, c'est moi que je n'ai pas reconnue. Même si je savais qu'Ethan avait évolué, je continuais à me voiler la face et à me dire que lui et moi nous ressemblions sur beaucoup de points. Mais il se trouve que j'avais tort. J'ai paniqué… J'ai voulu le retenir, en quelque sorte, le garder pour moi. Il est tout ce que j'ai, tu sais.

Mes yeux à moi aussi commencent à s'emplir de larmes.

– Ça n'excuse pas mon comportement, évidemment, mais je tenais tout de même à t'expliquer ce que j'ai pu ressentir pendant ces derniers jours, conclut ma belle-mère. Ce qui s'est passé tout à l'heure m'a fait comprendre que j'étais allée trop loin et que ce n'est pas toi qui es en train d'éloigner mon fils de moi : je suis en fait la seule responsable de cette situation. Je sais que je ne suis pas quelqu'un de facile à vivre, mais j'aimerais vraiment que tu me pardonnes et que tu acceptes que nous repartions sur de bonnes bases, toi et moi. Après tout, nous allons bientôt faire officiellement partie de la même famille.

– Ça ne vous rebute plus comme lors de votre arrivée ici ?

Susan sourit tristement.

– Je crois que je suis fatiguée de vivre en solo, de ne pouvoir compter que sur moi-même, me confie-t-elle. J'aimerais moi aussi faire partie d'un tout.

Je souris à mon tour, sincèrement.

– Vous ne pouviez pas tomber sur une famille plus accueillante, j'affirme. Vous savez, mes parents n'ont pas toujours eu une vie idyllique. Ils ont essuyé leur lot de complications eux aussi, mais…

– Leur amour était plus fort que le reste, termine ma belle-mère à ma place.

Elle fait alors quelque chose qui me surprend : elle prend l'une de mes mains entre les siennes et la serre.

– J'ai vu à quel point mon fils est amoureux de toi, déclare-t-elle. Et réciproquement. Je tiens à t'assurer que je suis heureuse que tu fasses partie de sa vie et que je suis désolée si je t'ai fait ressentir le contraire.

– J'accepte vos excuses, Susan.

– Merci, Zoe.

Nous nous sourions maladroitement. Moi qui n'étais pas prête à discuter de nouveau avec elle ce soir, je crois que c'est finalement ce dont j'avais besoin. À présent, je me sens plus apaisée qu'au cours de l'année écoulée.

Et ça, c'est un véritable miracle de Noël ou je ne m'appelle pas Zoe Reynolds.

CHAPITRE 23

ETHAN

All I Want for Christmas Is You
Mariah Carey

– Réveillez-vous, majesté, il est l'heure de commencer une nouvelle journée !

Allongée sur le ventre et prenant toute la place dans le lit, Zoe grogne, les yeux clos. Je me baisse à sa hauteur, rejette ses longues mèches de cheveux sur le côté, puis je laisse errer le bout de mes doigts sur son épaule dénudée.

– Je sais que tu m'entends, je murmure au creux de son oreille. Et si tu n'ouvres pas bientôt les yeux, tu auras droit à un réveil en fanfare…

– TANTE ZOE !

D'instinct, ma future femme se redresse aussitôt.

– Lily ? dit-elle en balayant la chambre du regard.

– Elle nous attend en bas, je lui explique en caressant son visage encore endormi. Et si tu ne veux pas que ce petit lutin surexcité se précipite ici, tu ferais mieux de sauter dans la douche et d'aller te préparer.

– Pour aller où ? Qu'est-ce qu'on fait ?

– C'est une surprise. Allez, dépêche-toi. Lily et moi, on est très impatients que cette journée débute.

– Ethan, une seconde.

Zoe s'assied ; le drap qui la couvrait glisse et dévoile une partie de sa poitrine. Elle tend un bras, le passe autour de ma nuque et m'attire contre ses lèvres.

– Bonjour, Scrooge, susurre-t-elle avant de m'embrasser.

Je souris, attrape la couverture pour cacher la vue tentatrice de son sein, puis lui glisse à mon tour :

– Habille-toi vite, sinon on ne sortira pas de cette chambre aujourd'hui.

– SCROOGE !

Sur ce, je quitte la pièce, laissant ma future épouse se réveiller tranquillement. Au rez-de-chaussée, je suis accueilli par Lily, qui me dévisage de ses yeux au bleu si particulier.

– Ah, enfin ! s'exclame-t-elle. C'est pas bien de faire attendre les filles, Scrooge. C'est ce que dit grand-père.

– Et il a parfaitement raison. Est-ce que tu es prête ?

– Bien sûr. Tu as dit à ma maman que tu avais prévu un programme d'enfer. Je te fais confiance, alors ne me déçois pas.

Pas de pression, surtout.

– Ta tante m'a parlé des nouveaux mots que tu apprends chaque jour. Tu en as choisi un pour aujourd'hui ?

– Évidemment.

– Et je peux savoir ce que c'est ?

– Tu l'entendras en temps voulu. Au fait, mamie m'a dit avant de partir qu'il restait quelques cookies… Je peux aller en chercher ?

– Juste un, alors, parce que mon super programme inclut, entre autres, de délicieuses choses à manger.

– Compris, Scrooge ! lance la petite fille en s'éloignant vers la cuisine.

Si au départ ce surnom me gênait, j'ai fini par m'y habituer, et même par l'apprécier. Parce que dans la bouche de Zoe, Rosalie ou Lily, il se charge de l'affection qu'elles me portent.

Un instant plus tard, au moment où l'enfant revient de la cuisine avec trois cookies en main – un pour chacun de nous –, ma fiancée nous rejoint. Immédiatement, sa nièce et elle se sautent dans les bras comme si elles se retrouvaient après une longue séparation, bien qu'elles se voient presque tous les jours depuis l'arrivée de Zoe à Snowflakes Garden.

– Où sont passés tous les autres ? demande mon accro à Noël en s'apercevant que la maison est vide.

– Ils vaquent à leurs occupations, je lui indique. On s'en fiche : ce qui est important, c'est qu'on passe du temps tous les trois.

Zoe hausse les sourcils.

– Juste nous ?

– Exact. J'ai appelé Rosalie ce matin pour lui annoncer que mademoiselle Lily Reynolds était réquisitionnée pour passer la meilleure journée de sa vie.

– Eh bien… souffle ma fiancée.

– Le programme est très vendeur, réagit Lily.

– Je trouve aussi, l'appuie sa tante. Mais…

Zoe s'approche de moi avant de soupirer :

– On a encore plein de choses à préparer pour le mariage, Ethan, c'est dans deux jours et…

– Stop ! Tu te souviens de ce que je t'ai demandé sur le parking de la boutique de décorations ? De lâcher du lest.

– D'accord, mais c'est quand même…

– Zoe…

– Ethan…

– Et Lily ! s'exclame la petite pour s'intégrer à la conversation.

Je m'esclaffe, puis j'enlace Zoe par la taille et l'attire contre moi.

– Profitons-en. Je te promets que tu vas t'amuser. *Qu'on* va s'amuser !

Alors que je m'attends à devoir négocier avec elle, Zoe finit par céder sans trop de problème.

– Tu m'as convaincue. On commence par quoi ?

– Trois, deux, un… C'est parti !

Dès que j'ai donné le top départ, Lily, Zoe et moi nous empressons de former chacun une boule dans la neige et de la pousser pour la faire grossir autant que possible. L'idée d'organiser le concours du plus beau bonhomme m'est venue très facilement. Il y a deux choses que les membres de cette famille semblent adorer : la compétition et la neige. Allier les deux m'a semblé une évidence.

Zoe et moi ne mettons pas longtemps à construire le corps de notre bonhomme, puis nous nous empressons de donner un coup de main à Lily, dont la première boule est déjà plus large qu'elle. Une fois notre base posée, nous nous attaquons à la tête. Nos gestes sont rapides, de la neige vole partout – en plus de celle qui nous tombe du ciel sur la tête – et je remarque que les filles sont en train de former une coalition contre moi.

– Hé ! je m'indigne en les voyant s'entraider.

Mais elles ne m'écoutent pas. Zoe est occupée à former deux têtes ; quant à Lily, elle fonce chercher deux écharpes parmi le petit tas que nous avons formé sous le porche. Pris par le temps, je la rejoins, m'empare d'une carotte, d'une écharpe ainsi que d'un bonnet, puis je ramasse quelques cailloux autour des plantes de Nicole et je retourne à mon poste de travail.

– Dépêche-toi, tante Zoe, Ethan va nous rattraper ! s'écrie Lily.

– Je vais aussi vite que je peux, répond l'intéressée en grognant, tandis qu'elle soulève l'une des têtes pour la poser sur le corps du bonhomme le plus proche.

– Vous êtes à la traîne, les filles.

– Ne nous déconcentre pas, Scrooge ! proteste l'enfant en s'emparant de deux carottes pour les planter dans les grosses boules de neige.

– Attention, plus que cinq, quatre…

– Lily, apporte l'écharpe.

– Les yeux, tante Zoe, on a oublié de lui faire des yeux !

– Trois, deux, un…

– NON !

– C'est terminé !

Nous nous redressons tous les trois et jetons un œil aux œuvres des uns et des autres. Je dois admettre que mon bonhomme de neige a la classe : un corps et une tête bien ronde, deux yeux, un nez et une belle écharpe pour lui éviter d'attraper froid. Du côté des filles, en revanche, si celui de Lily a tout ce qu'il lui faut, le bonhomme de Zoe est… spécial. Je le qualifierais de Picasso des neiges tant il est abstrait.

– C'est… intéressant, comme vision, je commente.

– C'est futuriste ! prétend ma fiancée.

– Donc, tu prévois que dans quelques siècles on aura des yeux à la place des joues ?

Elle hausse un sourcil et je plisse les lèvres pour ne pas éclater de rire.

– Laisse tomber, tante Zoe, lâche Lily. Scrooge a gagné, mais on obtiendra notre revanche.

Elles se tapent dans les mains, et cette fois, je ne peux plus contenir mon hilarité. Même dans la défaite, elles trouvent un moyen de gagner.

– Bon, et si on allait se remplir le ventre ? je propose. Ça vous dit, une tournée de donuts ?

À peine ai-je terminé ma phrase que la petite se précipite vers la voiture. Zoe et moi la suivons plus calmement, main dans la main.

– Comment trouves-tu ce début de matinée ? je m'enquiers.

– Ça commence bien… mais si tu le permets, je vais y mettre un peu plus de rythme !

Je ne comprends pas ce que cela signifie, jusqu'à ce que nous démarrions, que ma future épouse lance l'une de ses playlists… et que Lily et elle se mettent à chanter à tue-tête.

– *I don't want a lot for Christmas, there is just one thing I need.*

– *And IIIIIIIIIIIII*...

Oh, bon sang !

– ... *don't care about the presents underneath the Christmas tree, I don't need to hang my stocking there upon the fireplace.*

Lily tente de chanter les paroles principales tout en faisant les chœurs. Zoe, elle, agite les bras et les mains dans tous les sens. La voiture se transforme en une salle de concert noëlesque avant que j'aie pu comprendre ce qui m'arrive.

– *I just want you for my own, more than you could ever know.*

– *Make my wish come true, all I want for Christmas is youuuuuuu.*

– *OU OU, YOUUUUUUU, BABY !*

Incapable de rester de marbre, je commence à m'esclaffer, parce que franchement, il n'y a rien d'autre à faire. À l'arrière, Lily se déchaîne, ses cheveux blonds volant dans tous les sens, donnant de la voix autant qu'elle le peut. Soudain, sans se concerter, elles échangent les rôles. C'est désormais la petite fille qui est la voix de tête et Zoe qui fait les chœurs. Les « ouuuu » « aaaaaaah » et autres « iiiiiiiiii » qu'elle prononce finissent de me faire mourir de rire pour de bon.

C'est dans cette ambiance survoltée que nous arrivons au centre-ville. Tandis que Zoe passe rapidement à la boutique de jouets de madame Edith pour la saluer, Lily et moi patientons tranquillement en regardant des enfants accompagnés de leurs parents venir déposer des courriers au père Noël directement dans l'une des grosses boîtes aux lettres rouges prévues à cet effet.

– Est-ce que tu as fait ta liste ? je demande à Lily. J'espère que tu n'as pas oublié !

Elle secoue la tête alors qu'un sourire prend place sur ses lèvres.

– Je n'ai plus six ans, Scrooge, déclare-t-elle. Je ne suis pas une ahurie, je sais que le père Noël n'existe pas.

Ah, je crois que j'ai trouvé le mot du jour : « ahuri ».

– Et ça ne te rend pas triste ? je lui demande.

– Non, c'est pas grave. Parce que la magie de Noël, elle, elle est bien réelle. Et c'est tout ce qui compte.

Attendri, je me baisse et je dépose un baiser sur sa tête. C'est fou comme on peut apprendre des enfants et de leur capacité à voir le positif dans chaque situation.

Zoe nous rejoint à cet instant. Nous continuons notre route, Lily se plaçant entre nous et glissant chacune de ses mains dans l'une des nôtres. D'un coup, mon cœur accélère. Sans dire un mot, ma future épouse cherche mon regard, et nous nous fixons droit dans les yeux.

Si l'idée de nous marier nous est venue assez vite, avoir un bébé, en revanche, est un sujet que nous n'avons pas encore abordé. J'ai toujours su que je voulais devenir père un jour. Et je suis sûr d'une chose, c'est que Zoe est la femme avec qui j'ai envie de concrétiser ce grand projet de vie. Rien qu'à son expression, je comprends que c'est son souhait à elle aussi.

De ma main libre, j'attire son visage près du mien et je l'embrasse, ce qui la fait sourire encore plus. En dessous de nous, une petite voix s'élève :

– Je suis ahurie par votre comportement, sachez-le.

Les enfants sont merveilleux...

CHAPITRE 24

ZOE

Merry Christmas
Ed Sheeran & Elton John

24 décembre, jour du mariage

Certaines le savent très tôt : un jour, elles rencontreront l'homme qui leur est destiné et elles revêtiront une belle robe blanche pour être conduites à l'autel. Me concernant, ça n'a jamais été un rêve, un but absolu. J'ai toujours cru – et je continue de croire – qu'il ne faut pas obligatoirement être marié pour former un couple solide et heureux.

Et puis Ethan est entré dans ma vie, et l'idée de m'unir à lui s'est imposée à moi comme une évidence.

Assise sur la chaise devant ma coiffeuse, je me regarde dans le miroir. Mes cheveux sont divinement bouclés, retombant en cascade dans mon dos, et plusieurs épingles blanches décorées de perles nacrées retiennent mes mèches. En ce qui concerne mon visage, j'ai opté pour du doré sur mes yeux, un rose *nude* sur mes lèvres et du mascara pour rehausser le tout. Quant à la robe… j'avais plus que hâte de la revêtir. Je l'ai dessinée moi-même, et ça a été un vrai plaisir de la voir prendre vie entre les mains de la couturière. Mais ce n'est rien en comparaison de ce que je ressens en la voyant sur moi. Une coupe sirène, de longues et fines manches en dentelle, un décolleté en V à l'avant et à l'arrière et une longue traîne.

Elle est parfaite.

La voix de mon père retentit derrière la porte de ma chambre :

– Zoe ?

– Entre, papa.

Il pénètre dans la pièce, me voit, et aussitôt, nos yeux se remplissent de larmes.

– Oh non, surtout pas ! réagit-il immédiatement. On ne pleure pas !

J'inspire profondément alors que, en prenant ma main, il m'assure :

– Tu es si belle, ma championne…

– Merci. T'es pas mal non plus, dans ton costume.

– Qu'est-ce que tu crois ? Ton vieux père n'a rien perdu de son charme !

S'il affiche une nonchalance de façade, elle cache pourtant une émotion bel et bien réelle.

– Tu es prête ? m'interroge-t-il ensuite.

Sa question est bien plus lourde de sens qu'il n'y paraît. Il ne me demande pas juste si je suis prête à quitter ma chambre d'adolescente, mais aussi si je le suis à faire le grand saut.

– Plus que jamais ! je lui réponds avec un grand sourire.

Il me tend son bras, je glisse le mien en dessous et, côte à côte, nous descendons l'escalier de la maison de mes parents. Sans surprise, elle est totalement vide : tous les autres nous attendent déjà à la demeure des Snowflakes. Une fois à l'extérieur, je grimpe à l'arrière de ma voiture, mon père s'installe au volant, puis nous nous mettons en route. Je souris en apercevant par la fenêtre les trois bonhommes de neige qu'Ethan, Lily et moi avons construits encore intacts ; nous passons ensuite devant la maison de monsieur Oliver, dont le gros nœud rouge s'agite au gré du vent.

Tout au long du trajet, des souvenirs ne cessent de refaire surface : quand j'étais petite et que Rosalie, moi et d'autres enfants jouions dans les rues. Quand, adolescente, un peu gauche, j'arborais un air continuellement blasé. Finalement, je me souviens du jour où j'ai quitté Snowflakes Garden pour New York. Je me repasse le chemin parcouru, l'évolution de ma vie, tout ce que j'ai accompli et tout ce qu'il me reste encore à faire.

– Zoe, on a dit pas de larmes ! me lance mon père depuis l'avant du véhicule.

– Je fais de mon mieux, je te le jure.

– Quelque chose me dit que la situation sera hors de contrôle lorsque ta mère, ta sœur et toi allez vous voir. Elles trépignent d'impatience.

Mon ventre se serre d'anticipation.

– Je sais qu'elles ont fait énormément pendant deux jours, je déclare. Ethan croit que je ne l'ai pas remarqué, mais je sais que s'il a tenu à me garder à la maison, c'est pour que je ne m'approche pas de la salle de réception parce que Rosie et maman s'occupaient de tout.

– Tu as raison… Enfin, à un détail près. Ta mère, Rosalie *et Susan* se sont occupées de tout.

En voyant mes yeux s'écarquiller à travers le rétroviseur, mon père s'esclaffe.

– Je n'aurais jamais cru dire ça un jour, mais… fais-lui confiance, ma chérie, ajoute-t-il.

Peu de temps après, nous arrivons à l'hôtel, devant lequel nous attendent une partie des employés. La nuit est déjà tombée et je peux enfin découvrir la bâtisse illuminée. Elle est aussi belle que je l'avais imaginé, revêtue de son manteau lumineux qui scintille magnifiquement. Je grimpe les marches qui mènent à son entrée, puis j'attrape mon bouquet de mariée, que la directrice me tend.

– Vous êtes ravissante, madame Reynolds, me complimente-t-elle. Suivez-moi, tout le monde vous attend avec impatience.

Toujours au bras de mon père, je lui emboîte le pas. Elle me conduit jusqu'à la salle de réception.

Après m'avoir servi un large sourire, elle ouvre les deux portes en grand et…

Je reste sans voix. Tout bonnement muette.

La vue d'ensemble est spectaculaire. Les tables ont été disposées selon le plan établi, les chaises sont recouvertes des mêmes housses polaires en fausse fourrure que j'ai utilisées pour la décoration du Peninsula. Les bouquets de roses rouges et de pivoines blanches rendent magnifiquement, exposés dans leurs immenses vases. Je remarque qu'aucune nuance d'orange n'est présente. Susan a lâché l'affaire, finalement…

Ma contemplation se poursuit. Je savais que c'était une merveilleuse idée de mettre autant de sapins. Le plus imposant, sur ma droite, est parfaitement décoré. Les ornements personnalisés ainsi que les boules en cristal contenant les photos d'Ethan et moi sont suspendus à ses branches, le tout agrémenté de nombreuses guirlandes lumineuses.

Au centre de la pièce, un long tapis blanc rejoint la piste de danse. Entourée des nombreux conifères, elle semble tout droit sortie d'un monde féerique. J'ai hâte de l'inaugurer avec mon futur mari dans un tel décor.

J'aurai le temps plus tard de m'imprégner de chaque détail, mais il est clair que cette salle de réception est la réplique exacte des croquis qui se trouvent dans mon classeur d'organisation.

Je reprends à peine mon souffle lorsque j'aperçois sur ma droite Lily et Rosalie. Mon père avait raison… En les voyant, mes émotions sont décuplées. Mes larmes coulent déjà lorsque je me dirige vers elles, divines dans leurs robes bordeaux. Avec leurs bouquets dans les mains, elles sont tout simplement les demoiselles d'honneur parfaites.

– Tante Zoe, tu es super-méga-belle ! s'exclame ma nièce.

– Merci, Lily jolie. Mais toi, tu es la plus belle.

– En temps normal, je serais d'accord, intervient ma sœur, mais pour une fois, vous êtes toutes les deux ex æquo.

Elle me serre dans ses bras puis s'empresse d'effacer les pleurs qui menacent de ruiner mon maquillage. Honnêtement, je m'en fiche à cet instant. Mon cœur déborde d'amour et c'est tout ce qui compte.

– Je crois qu'il est temps, Zoe, me glisse mon père en se replaçant à mes côtés.

– Lily, en position ! lui ordonne ma sœur en la guidant devant l'immense rideau blanc qui nous sépare de l'allée menant à la chapelle en verre.

Une douce musique débute alors. Deux employés de l'hôtel écartent les pans de la tenture et, à l'aise, ma nièce se met en marche. J'entends les « ooooh » tendres qui retentissent de la part des invités. Après quelques secondes, ma sœur se prépare à son tour. Elle me jette un dernier coup d'œil, me sourit, puis, lorsque le rideau se soulève de nouveau, elle disparaît également.

Le cœur battant jusque dans ma gorge, je lutte pour calmer ma respiration.

– Si tu veux t'enfuir, c'est le moment, me souffle mon père.

– Aucun risque, je réponds.

Avec une fluidité calculée, la musique change.

– Alors en piste, championne.

Je serre l'avant-bras de mon père… et enfin, c'est à nous de nous avancer.

Découvrir la chapelle me procure encore plus d'émotion que la salle de réception. Je ne sais pas comment Rosie, ma mère et Susan ont réussi ce petit miracle, mais chaque paroi est décorée de guirlandes lumineuses. Avec les sapins à l'extérieur, j'ai le sentiment de pénétrer à l'intérieur d'une forêt enchantée.

En rythme avec la mélodie, je remonte l'allée, qui s'évase soudain pour laisser apparaître l'autel. C'est là que je vois tous les invités, tous ces visages tournés vers moi : Gloria et son ventre imposant, William, monsieur Oliver, madame Edith et tant d'autres…

Puis arrive le moment où je croise *le* regard, le seul que je cherche.

Ethan.

Aussi beau que d'habitude dans son costume bleu nuit, il m'attend sur l'estrade au bout de l'allée, un officiant devant lui. Non loin, je repère ma mère, en pleurs, qui ouvre déjà son second paquet de mouchoirs. À côté d'elle se tient Susan, un petit sourire aux lèvres, une larme au coin des yeux.

Solennellement, mon père dépose ma main dans celle, ouverte, de mon fiancé. Retrouver la chaleur de ses doigts autour des miens est si réconfortant…

– Merci, Gerald.

– Prends bien soin d'elle.

– Toujours.

Pendant toute la cérémonie, Ethan et moi restons plongés dans le regard l'un de l'autre. Je n'ai pas besoin de lever les yeux pour savoir que, en ce moment même, la neige est en train de doucement tomber sur nous. Les flocons s'écrasent silencieusement tout autour de la serre et le toit blanchit à vue d'œil.

Exactement comme je l'espérais.

– Ethan Sebastian French, acceptez-vous de prendre pour épouse Zoe Reynolds, ici présente ? finit par annoncer solennellement l'officiant.

– Je le veux.

– Zoe Reynolds, acceptez-vous de prendre pour époux Ethan Sebastian French, ici présent ?

– Je le veux.

Nous nous rapprochons déjà, si bien que lorsque l'officiant déclare « Vous pouvez embrasser la mariée », Ethan et moi sommes déjà blottis l'un contre l'autre. Après quoi plus rien d'autre n'existe autour de moi que les lèvres de mon désormais mari, que son corps contre le mien, que nos cœurs liés pour toujours.

Je n'aurais pas pu rêver mariage plus parfait. Tout le monde s'amuse, danse, rit. Contre toute attente, le menu sans gluten qu'a commandé Susan – et qui n'a pas pu être annulé – a remporté un franc succès.

Après la magnifique et délicieuse pièce montée confectionnée par Rosalie, le moment de la première danse arrive enfin. Dans une tendre étreinte, Ethan et moi nous balançons doucement au rythme de la musique.

– Alors ? Satisfaite ? me glisse-t-il.

– Plus que ça, même.

Il dépose un baiser sur mon front, puis il ajoute :

– Tu réalises que nous sommes mariés ? Ça y est, c'est officiel.

– Je suis heureuse qu'on y soit arrivés.

Ethan nous fait tourner sur nous-mêmes. Il redresse ensuite la tête puis murmure, tout sourire :

– Il est minuit : nous sommes le vingt-cinq décembre. Joyeux Noël, ma Zoe.

– Joyeux Noël, mon Scrooge.

ÉPILOGUE

ZOE

Les Bahamas, quatre mois plus tard

– Alors, qu'est-ce que tu en penses ?

Je baisse mes lunettes de soleil et regarde mon mari par-dessus les verres fumés.

– C'est pas mal, je réponds en haussant les épaules.

Il éclate de rire, ce qui me fait lever les yeux au ciel.

– Pas mal ? s'indigne-t-il. Oh, allez, je sais bien qu'on n'est pas à Snowflakes Garden et que la température est au-dessus de zéro, mais tu pourrais faire un petit effort.

– Bon, d'accord… J'admets que c'est paradisiaque.

Ne t'en fais pas, hiver, mon amour, aucune plage de sable fin ne me détournera de tes paysages enneigés.

– Je savais que les Bahamas te plairaient, jubile mon amoureux de l'été de mari.

Vêtus de nos maillots de bain et installés sur des transats, nous profitons de la vue sur l'océan dont dispose l'hôtel dans lequel nous sommes descendus. Enfin, nous commençons notre lune de miel. Dès le jour où nous avons arrêté une date pour notre mariage, nous avons réfléchi à la meilleure période pour partir en voyage tous les deux. Je dois dire qu'avec nos emplois du temps respectifs toujours plus chargés, j'ai bien cru que nous ne parviendrions jamais à nous envoler…

Évidemment, la destination, c'est Ethan qui l'a choisie. Et très honnêtement, je n'y ai vu aucune objection. C'était le deal : j'avais le mariage noëlesque de mes rêves, il avait carte blanche pour organiser notre lune de miel. Et même si je resterai éternellement une fille de l'hiver, il serait hypocrite de ma part de ne pas apprécier la vue à couper le souffle et l'étendue d'eau turquoise qui s'offrent à nous.

Ethan tend sa main pour effacer la distance entre nos deux transats.

– Tu vas voir, ma Zoe, ces vacances vont être mémorables, m'assure-t-il.

– Avec toi, elles le seront forcément.

– Je veux mourir.

– Dis-moi de quoi tu as besoin.

– De mourir !

– Zoe, s'agace Ethan.

Je sens que son inquiétude monte en flèche. Me voir recroquevillée sur moi-même, accolée contre la cuvette des toilettes, l'angoisse un peu plus à chaque minute qui passe.

– Laisse-moi un peu seule, je lui lance. Je ne veux pas que tu voies ça.

– Ne dis pas de bêtises, je ne vais pas t'abandonner.

Il s'agenouille sur le sol, attrape mes cheveux et les passe dans mon dos. Mes mèches collent à ma peau humide de sueur. Alors que j'espérais avoir enfin un moment de répit, ma gorge se serre brusquement et je vomis pour la énième fois le contenu de mon estomac… qui est désormais totalement vide.

– Le médecin va bientôt arriver, ne t'en fais pas, me rassure Ethan en me frottant la colonne vertébrale.

– Je n'aurais pas dû manger ces pinces de homard.

Rien que d'en parler, j'ai une nouvelle nausée.

– J'en ai mangé moi aussi et je suis en pleine forme, réfléchit Ethan. C'est peut-être une insolation, il a fait très chaud aujourd'hui.

– Je ne sais pas. Je veux juste que ça s'arrête.

Je tends ensuite une main en l'air en coassant :

– Brosse à dents.

Ethan place du dentifrice sur l'objet avant de me le passer. Avec le peu de force qu'il me reste, je me nettoie la bouche pour en faire disparaître le goût âcre qui s'y attarde. Ensuite, je pose ma joue contre le carrelage frais pour tenter d'apaiser ma fièvre naissante. Soudain, j'entends toquer à la porte de notre chambre. Mon mari s'empresse d'aller accueillir le visiteur, une jeune médecin qui me sourit avec douceur en pénétrant dans la salle de bain.

– Est-ce que vous pouvez vous lever ? s'enquiert-elle.

– Je ne sais pas.

– Venez, nous allons essayer.

Aidée d'Ethan, elle parvient à me redresser. Mes jambes flageolent mais nous retournons jusqu'au lit, sur lequel je m'allonge. La médecin m'examine, prend ma tension, ma température, palpe mon abdomen et me demande de lui dresser la liste de ce que j'ai mangé récemment. Avant de passer à la rédaction de son ordonnance, elle décide de me faire une prise de sang.

– Je vais l'emmener au laboratoire immédiatement, m'informe-t-elle. Je devrais recevoir les résultats dans une heure. Comme je ne sais pas exactement ce que vous avez pour le moment, je préfère ne rien vous prescrire. Mettez un peu de sucre dans un verre d'eau et buvez de petites quantités en continu. Essayez de tenir une heure sans vomir… Dès que j'en saurai plus, je pourrai vous diriger vers le traitement adapté.

Après ces explications, elle quitte la chambre. Alors qu'Ethan s'allonge à côté de moi, je proteste mollement.

– Ne t'approche pas trop. Peut-être que j'ai attrapé un virus, je ne voudrais pas te le transmettre.

– Dans la santé comme dans la maladie, récite-t-il.

Je lui sers un mince sourire, puis je trouve la force de me redresser. Comme cela ne me donne pas envie de me précipiter devant la cuvette des toilettes, je décide que c'est une véritable victoire.

Mon mari me tend le verre d'eau sucrée et, comme recommandé, j'en bois quelques gorgées.

– Je crois que tu es peut-être allergique au soleil, grommelle-t-il.

Je ricane en secouant la tête, avant de soupirer :

– Je suis désolée de gâcher notre lune de miel.

– Si c'est pour dire ce genre de choses, il vaut mieux que tu te taises.

Je hausse un sourcil alors qu'Ethan ajoute :

– Ne me regarde pas comme ça, Zoe Reynolds-French. Je refuse que tu t'excuses parce que tu es tombée malade. Ça pourrait arriver à n'importe qui.

Je prends à nouveau quelques gorgées d'eau puis, me sentant vraiment fatiguée, je décide de m'allonger. Je comprends que je me suis endormie lorsque les voix d'Ethan et du médecin me réveillent. Je les surprends en pleine conversation et le visage soudain pâle de mon mari met mes sens en alerte.

– Qu'est-ce qui se passe ? je demande en m'asseyant dans le lit.

Je constate que je ne me sens plus nauséeuse ni fatiguée, et j'en suis soulagée. Sans attendre, la médecin s'approche de moi, suivie de près par Ethan qui s'assied sur le matelas, à ma gauche.

– Madame Reynolds, quand avez-vous eu vos règles pour la dernière fois ? m'interroge la praticienne.

– Il y a environ un mois, pourquoi ? Il arrive qu'elles aient quelques jours de décalage, mais elles ne devraient pas tarder. Quel est le rapport avec…

Je me tais brusquement. Si un médecin me pose cette question, c'est qu'il n'y a qu'une possibilité.

– Vous avez reçu les résultats de la prise de sang ? je m'enquiers.

– En effet, répond-elle.

Face à son sourire, j'ai un pressentiment… qui se confirme lorsque je repose mes yeux sur Ethan, qui a désormais les prunelles brillantes.

– Est-ce que…

– Vous êtes enceinte, m'annonce la médecin.

Nom d'un homard avarié.

– De… combien ?

– Quatre semaines. C'est tout récent. Je vais vous prescrire ce qu'il faut pour atténuer les nausées, mais je vous conseille de prendre rendez-vous avec…

C'est moi ou sa voix se fait soudain plus sourde ? Comme si j'avais la tête plongée sous l'eau…

Complètement hébétée, je croise le regard de mon mari, qui est de plus en plus humide.

– Madame Reynolds ? m'interpelle la médecin. Vous allez bien ?

– Euh… oui, je crois…

– Bon, je vais vous laisser mon numéro. Si vous avez besoin de quoi que ce soit ou si vous avez la moindre question pendant votre séjour ici, appelez-moi.

– Merci beaucoup, docteur.

– Avec plaisir. Ne vous dérangez pas, ajoute-t-elle en voyant Ethan prêt à se lever pour la raccompagner. Je connais le chemin.

Une fois que mon mari et moi nous retrouvons seuls, un lourd silence envahit la pièce. Jusqu'à ce que sa main se glisse dans la mienne.

– Zoe ?

Il prend mon menton dans sa main et m'incite à lui accorder mon attention.

– Est-ce que ça va ? s'enquiert-il.

– Et toi ? je lui renvoie aussitôt.

Un petit sourire apparaît sur sa bouche irrésistible.

– On s'était mis d'accord pour que tu arrêtes de prendre ta pilule contraceptive… rappelle-t-il.

– Le mois dernier seulement, je précise.

J'ai conscience que ma réaction envoie des signaux négatifs, mais en réalité, je suis surtout sous le choc que ça ait marché si vite ; sans compter que je suis lentement en train de prendre conscience de ce que l'annonce de la médecin signifie.

Ethan et moi, parents. Ensemble.

Alors je commence à sourire moi aussi. En le voyant, mon mari m'attire contre son torse et me serre dans ses bras.

– Je suis heureux, Zoe, me murmure-t-il. Je le suis vraiment.

Je redresse la tête et essuie une larme qui perle au coin de ses yeux.

– Je le suis aussi, j'affirme.

– Je n'arrive pas à y croire.

– Ça va être une sacrée aventure.

Nous nous sourions, nous nous embrassons, puis Ethan nous fait basculer sur le lit en nous gardant enlacés.

– Un mois déjà, fait-il en caressant mon ventre d'une main, par-dessus laquelle je pose la mienne.

C'est seulement alors que je fais le décompte dans ma tête.

Un mois… Cela signifie que…

– Ethan ?

– Hm ?

– Le bébé… Il naîtra en décembre.

Il se passe quelques secondes avant que l'information lui monte au cerveau, puis il s'exclame :

– Oh, bon sang…

Prise d'un rire incontrôlable, j'annonce alors :

– On va avoir un bébé noëlesque !

FIN

Enfin, pour le moment…
Vous aussi vous les entendez résonner,
les berceuses en version Noël ?

DES RECETTES FACILES, RAPIDES ET NOËLESQUEMENT GOURMANDES ? C'EST PAR ICI !

Le latte de Laura

Dans *La romance presque parfaite d'une accro à Noël,* je vous ai fait découvrir la recette du chocolat chaud de Zoe. Si elle fait partie de mes boissons fétiches en hiver, il y en a une que j'aime encore plus.

Disclaimer : pour les puristes du latte ou du café en général, ceci est une recette selon *mes* goûts, que chacun pourra adapter aux siens. Ce qui explique que les mesures soient approximatives.

Ingrédients :

– Du café plus ou moins corsé
– Du lait de votre choix
– Du caramel beurre salé (j'utilise ceux de la marque Régilait quand je n'ai pas envie d'en faire maison)

– De la poudre de cacao
– De la chantilly ou de la mousse de lait

Préparation :

Comme je le disais précédemment, cette recette vise à satisfaire les goûts de chacun. Si vous êtes un amoureux du café, vous désirerez qu'il soit très présent ; vous ajusterez donc son dosage.

En ce qui me concerne, j'aime qu'il soit discret, ce qui m'amène à prévoir un tiers de café pour deux tiers de lait.

Munissez-vous d'un mug ou d'un grand verre. Tapissez-en les bords à l'aide de caramel beurre salé en faisant des arabesques. Versez ensuite le café et le lait, chauds tous les deux. Pour finir, ajoutez de la chantilly (ou de la mousse de lait, si vous préférez) sur le dessus et saupoudrez de poudre de cacao.

À noter : cette boisson peut se boire également froide à n'importe quel moment de l'année. La préparation sera la même, ajoutez juste des glaçons après le caramel.

Dégustez !

Brownies de Noël

Ingrédients pour 6 à 8 personnes :

– 180 g de chocolat noir (fondu)
– 100 g de pépites de chocolat au lait

– 125 g de sucre en poudre

– 125 g de beurre pommade (si vous conservez votre beurre au frigo, pensez à le sortir un moment avant le début de la recette, pour qu'il soit à température ambiante)

– 90 g de farine

– 2 œufs

– Une pincée de sel

Préparation :

Commencez par préchauffer votre four à 160 °C puis mélangez le beurre pommade avec le sucre ainsi que la pincée de sel. Fouettez jusqu'à obtenir un mélange crémeux.

Ajoutez ensuite les œufs un à un.

Incorporez le chocolat fondu, mélangez, puis ajoutez la farine et mélangez à nouveau. Enfin, versez les pépites de chocolat au lait et mélangez une dernière fois pour obtenir une préparation homogène.

Versez votre préparation dans un moule préalablement beurré, puis enfournez pendant 20 minutes. Le temps de cuisson est à ajuster en fonction de la puissance de votre four, il faut donc rester vigilant.

Une fois la cuisson terminée, sortez les brownies du four. Pendant qu'ils refroidissent, préparez vos décorations.

Mon conseil pour un effet encore plus noëlesque : faire fondre à nouveau un peu de chocolat pour réaliser des arabesques sur les brownies refroidis puis parsemer des vermicelles sucrés rouges, verts et blancs.

Bonne dégustation !

Feuilleté au Nutella en forme de sapin

Ingrédients :

- 2 pâtes feuilletées de forme rectangulaire
- Du Nutella
- Un jaune d'œuf
- Du sucre glace

Préparation pour environ 6 personnes :

Préchauffez votre four à 170 °C.

Déroulez la première pâte feuilletée dans la longueur, sans retirer la feuille de cuisson dessous. Tartinez du Nutella de façon homogène, puis recouvrez de la seconde pâte (cette fois, retirez le papier cuisson).

À l'aide d'un couteau affûté, découpez une forme de sapin. À partir du centre, laissez 2 à 3 centimètres de pâte, puis découpez des bandes sur les deux côtés de votre sapin. Attention, les bandes doivent rester attachées à la base. Entortillez-les pour leur donner une forme torsadée.

Badigeonnez votre préparation de jaune d'œuf, puis enfournez pendant 20 à 25 minutes, jusqu'à ce que la pâte soit bien dorée. Le temps de cuisson est à ajuster en fonction de la puissance de votre four, il faut donc rester vigilant.

Sortez du four, laissez tiédir, puis saupoudrez de sucre glace pour un effet neige.

Dégustez tiède ou froid. Bon appétit !

De la même autrice
chez Hugo New Romance®

Après la tempête

À tous les cœurs que j'ai brisés

Bodyguards
Tome 1 – Lennon
Tome 2 – Cruz
Tome 3 – Sawyer
Tome 4 – Jaxon

Et puis soudain
Tome 1 – Succomber
Tome 2 – Lutter
Tome 3 – Sombrer
Tome 4 – Aimer

My Escort Love
Tome 1
Tome 2
My Crazy Love (exclusivité numérique)

La Romance presque parfaite d'une accro à Noël
Le Mariage presque parfait d'une accro à Noël
Le Bébé plus que parfait d'une accro à Noël

Until the end

N'HÉSITEZ PAS À SUIVRE LAURA S. WILD SUR SES RÉSEAUX SOCIAUX !

Instagram : laurawild10

TikTok : laurawild10

Facebook : Laura S. Wild

RETROUVEZ L'ACTUALITÉ DE NOS SÉRIES NEW ROMANCE® SUR :

Instagram : @hugonewromance

TikTok : @hugonewromance

Facebook : @hugonewromance

Twitter : @hugonewromance

www.hugopublishing.fr

REJOIGNEZ-NOUS SUR :

www.festivalnewromance.fr
www.hugopublishing.fr

Composition et mise en pages
Nord Compo à Villeneuve-d'Ascq